策士な紳士と極上お試し結婚

一

女の子なら誰だって、一度は結婚を夢見たことがあるはず。

純白のウェディングドレスを着て、旦那様になる人と腕を組んで微笑みながら写真に収まる。

そしていつも笑いが絶えない幸せな家庭を作るのだ、という人はかなりいるのではないだろうか。

しかしながら、私、宗守《むねもり》沙霧《さぎり》は、幼い頃からそんな夢を見たことが一度もない。

それというのも——

「ごめん、何度も聞いて本当に申し訳ないんだけど、宗守さんのお母様って何回離婚したんだっけ？」

同じ事務員で勤続三十年の大先輩である香山《かやま》さんが、申し訳なさそうに尋ねてくる。彼女にこれを聞かれるのはおそらく三回目か四回目だ。

「五回です。バツ五」

私は特に気にせず、玉子焼きを食べながら淡々と答えた。

今は職場の同僚と休憩室でお昼を食べている最中。

「そうだった。ごめん、言いづらいことまた聞いちゃって……確か、四回か五回だったような気がしてたんだけど、気になりだしたら聞かずにはいられなくなっちゃって」

しゅん、としている香山さんは五十代の既婚女性。大学生の息子さんの学費のために、ご夫婦で節約しながら貯金に励《はげ》んでいる真っ最中だという。

高卒でこの払田《ほった》工業に入社した私に、事務や経理といった仕事の全てをたたき込んでくれたのは香山さんだ。たたき込んだといっても、スパルタではなく優しく丁寧に教えてくれた。

そのおかげで仕事が好きになり、入社して十年間、辞めようと思ったことは一度もない。

そんな香山さんに、私は笑顔で首を横に振った。

「いえ、まったく問題ありません。私もいまだに何回だったか分からなくなることがあるので……」

自分で作った玉子焼きをもぐもぐと咀嚼《そしゃく》していると、香山さんが感嘆のため息を漏らす。

「それにしても五回も結婚と離婚ができるなんて、驚くわぁ。で、そのお母様はお元気？」

「はい、元気です。まあ……母は根っからの恋愛体質ですから……常に恋をしていないといられないというか、気持ちだけはいつまでもティーンみたいな人なので」

ティーン、というたとえに香山さんが感心する。

「……さすがね……じゃあ、娘である宗守さんはそこんとこどうなの？」

香山さんの問いかけに、私は笑顔できっぱり断言する。

「私は結婚願望がないので、ずっと一人でいいです」

そう、私は母とは違う。結婚なんてしないとずっと前から決めている。

私の人生は、超恋愛体質な母、由子《ゆうこ》のせいで大いに狂わされたといっても過言ではない。

私が二歳の時に父と離婚した母は、以来、再婚と離婚を繰り返してきた。その数五回。

父と呼ぶ人が代わる生活に、幼い頃は特に疑問を抱かなかったが、小学生にもなるとさすがにおかしいと思うようになる。何故うちはお父さんが代わるのだろう、と。

だけれど、それを問う私に泣きながら謝ってくる母を前にすると、そんな生活はもう嫌だ、とは言えなかった。離婚してから、母は私を保育所に預けて働いていたが、夕方までのパート勤務で得られる収入だけでは生活がかなり苦しかったのだろう。

『沙霧、ごめんね。お母さんのせいでお前に苦労をかけて。でも、お父さんがいれば、生活がだいぶ楽になるの。だから許してくれる？』

『……うん、分かった』

他になんと言えばいいのか。子供の私には浮かばなかった。

しかし私が高校の頃、三度目の離婚をして一年かそこらで、四度目の結婚をすると言い出した母に、私は反発した。離婚して一年しか経っていないのに、懲《こ》りずにまた結婚しようとする母が、どうしても理解できなかったからだ。

当時は思春期真っ只中。私といる時は優しい母が、恋人を前にした途端あからさまに女の顔になるのが、嫌でたまらなかった。

加えて四度目の義父は、母が居ない間に私に手を出そうとしたとんだゲス野郎で、私の我慢は限界に達した。私は義父のいない時に、母へ「もう一緒に住めない」と宣言した。もちろん母は驚き、そんなこと言わないで一緒に住もうと引き止めてきた。でも、義父に手を出されそうになったと伝えると母の表情が一変した。

『嘘……それ、本当なの……？』

さすがにすぐには信じてくれなかったけど、最終的にマンションを出ることを許してくれた。そうして私は、高校三年生の途中から、母方の祖父母の家に身を寄せることになった。

祖父母はずっとここにいていいと言ってくれたが、高齢の二人に苦労をかけたくなかったのと、早く自立したいと思っていたこともあり、高校卒業と共に家を出て就職した。以来、誰の手も借りずに一人で生活をしている。

その間に母は四度目の離婚をし、五度目の結婚をした。だが、やはりこれも長くは続かず私が二十五の時に離婚した。しかし五度目の義父が飲食店をいくつか経営する資産家で、母は今、財産分与でもらった資産を元に小料理屋を営《いとな》んで生計を立てている。

――これに懲《こ》りて、もう結婚はしないでくれたらいいんだけど……いや、無理だなあの人は。

今となっては年に数回くらいしか連絡を取り合わないが、直近の電話で好きな人がいるようなことを言っていた。所詮、私が何を言ったたって聞きやしない、そういう母なのだ。

この先も、きっと母は変わらない。でも、私はああはならない。

恋愛に振り回されるのは嫌だし、すぐに破綻《はたん》する結婚もしたくない。だから私は、誰にも頼らず、一人で生きていくと決めたのだった。


食べ終えた弁当箱を洗ってバッグに入れ、少しの休憩を挟むと午後の業務が始まる。

私が勤務する株式会社払田工業は、国産自動車の部品を製造する社員数六十名ほどの中小企業だ。高卒で採用されて以来、私はこの会社で正社員として、経理事務を担当している。

自分の席で、午前に引き続き売上伝票のチェックをしようとすると、社長である払田一郎《いちろう》氏が私に近づいてきた。

「宗守さん、ごめん、ちょっと社長室に来てくれる？」

「はい」

これまで社長室に呼ばれたことなど一度もない。他の人がいる場所では言えないようなことなのかと心の中で首を傾げつつ、私は席を立った。

今から三十年ほど前にこの会社を創業した社長は現在六十代半ば。跡継ぎとなる息子の常務と共に我が社の経営を担う社長は、つるりとした頭がトレードマークの、温厚で人情味に溢《あふ》れた人だ。私は社長を悪く言う人を見たことがない。

そんなことを考えながら、私は社長の後に続いて社長室に入った。

ドアを閉め、社長に勧められるまま茶色いレザーのソファーに腰を下ろす。ガラステーブルを挟んで私の前に腰を下ろした社長が、白い封筒から何かを取り出した。

「仕事中に悪いね宗守さん。実はね、君に縁談が来てるんだよ」

「え？」

社長が封筒から取り出した物を私に差し出す。

いつもなら社長に手渡される物はすぐに受け取るのに、今回に限っては一瞬躊躇《ちゅうちょ》してしまった。

それくらい、私にとっては寝耳に水の話だった。

「しゃ、社長……私の聞き間違いでしょうか。今、縁談と聞こえたような……？」

「うんそう、縁談。ほらそれ。お相手の写真と釣書」

「えッ……!! いやあの、社長、私は結婚する気はない……」

「うん、宗守さんが独身主義なのは知ってる。でも、今回はちょっと事情があってね……とりあえず、写真と釣書を見てくれないかな」

「……では、一応……」

神妙な顔をする社長を前にしたら、きっぱり拒絶なんかできなかった。私は仕方なく、差し出された冊子を受け取り、それを開く。

目に飛び込んできたのは、端整な顔をしたスーツ姿の男性だった。しかも、ちょっとびっくりするぐらいのイケメン。

目はぱっちりとして眉と目の間が狭い、彫りの深い顔立ち。鼻梁《びりょう》の通った鼻は高く、口元もバランスがいい。まるでファッション誌のモデルばりの美男子に、私は目をパチパチさせる。

——なんでこんな人が私みたいな女と見合いを……？

こんなにイケメンならお見合いなんかしなくたっていくらでも相手がいそうなのに。

「あの、本当にこの方が私との見合いを望んでいらっしゃるのですか……？」

これに対し、社長が困り顔で「そうなんだよ」と頷いた。

「私も、どうしてこの話が宗守さんに来たのかよく分からないんだ」

「ですよね？　だって、彼女なんていくらでもいそうな顔立ちですよ、この方」

「顔だけじゃないんだよ。経歴を見てごらん。すごいから」

社長が腕を組みながらため息をつく。社長にこんな顔をさせるほどのすごい経歴ってどんなだ。

「経歴、ですか……？」

私は一旦写真をテーブルに置くと、渡された釣書に目を通す。そこに記されていたのは、にわかには信じがたいキャリアの数々だった。

「あの……なんですか、この経歴……どこぞの御曹司かってくらいすごいんですけど……」

国内最高峰の大学を卒業後、海外の大学に留学してＭＢＡを取得。帰国後はうちの主要取引先である自動車部品を製造する大手サプライチェーンの重役に就任とある。それもまだ三十二歳という若さで、だ。

釣書を持つ手がブルブルと震えてくる。それくらい、私の周囲どころか、完全に別世界に住んでいる人だ。

そんな人との縁談がどうして私に、と、疑問より不安の方が大きくなる。

「実際、御曹司なんだよ。この方のご実家、かなりの資産家だから。しかもおじい様がうちの取引先の創業者でね。現社長の久宝《くぼう》さんは彼の父にあたる。確か宗守さんは一度会ってるはずだよ。社長と一緒にうちに来たことあるし」

「久宝社長がいらしたのは覚えてますけど、この方に見覚えはありませんが……」

今年の初めくらいに、久宝社長が来ると社内がバタバタしていたのは覚えている。お付きの社員も数人いたが、その中にこんな人はいなかった。

「あの時は、写真と髪型が違ったかな。それと眼鏡もしていたかもしれないんで、宗守さんが覚えていないのも無理ないかもしれん。それでだね……非常に頼みづらいことなんだが……」

ずっと申し訳なさそうな表情をしていた社長が、さらに肩を落とす。その様子を見ただけで、何を言われるのか容易に想像できた。

「この方とお見合いをしろと、仰《おっしゃ》るのですね？」

はっきり言うと、社長が頭を下げた。

「申し訳ない……宗守さんの事情は私も知っているから、一度は断ったんだ。だけどどうしても引いてもらえなくて……とにかく君と直接話をする機会をくれと、その一点張りで」

ただの事務員である私に頭を下げる社長を見ていると、やるせない気持ちになる。

高卒でなんのスキルもない私を、この会社に入れてくれた社長には、ずっと感謝していた。その社長が頭を下げてまで頼む以上、私に断るという選択肢はなかった。

「分かりました」

私が返事をすると、社長が弾かれたように頭を上げた。

「い……いいのかい？　宗守さん」

「会うだけなら問題ありませんので。でも、私の気持ちはきちんと相手にお伝えします。それでも、よろしいですか？」

「も……もちろんだ。それで相手がこの話をなかったことにしてくれと言ってくるのであれば、それはまったく問題ないよ」

「それを聞いて安心しました。では、私が直接この方に会って事情を説明してきます」

相手は社会的に立場のある男性だ。結婚したくないと言う女性に無理矢理求婚などしないだろう。

しかし、その考えは甘かった。

なんせお見合い当日に私の前に現れた男性は、想像していたよりもずっと一筋縄ではいかない人だったからである。

二

見合いを了承したのち、先方から指定されたお見合いの場所は、私のような庶民には一生縁がないような高級料亭だった。

場所を聞いた時、まず頭に浮かんだのは「何を着ていけばいいの⁉」だ。それほど私とは縁遠い場所だった。

香山さんに相談して購入した淡い色のフォーマルワンピースで家を出た私は、料亭の入り口の前で一度立ち止まり、数回深呼吸をして気持ちを落ち着かせる。

――落ち着け、落ち着け。今から会う相手は、別に鬼とか妖怪じゃなく、同じ人なんだから。きっと話せば分かってくれる。

とはいえ、同じ人間でも話が通じない人をこれまで山ほど見てきている。そのことが頭を掠める度、怖気《おけ》づきそうになるが、意を決し料亭の敷地に足を踏み入れた。

「ようこそいらっしゃいませ」

店の引き戸を開けると、すぐに奥から着物を着た綺麗な女性が近づいてきて、私に微笑みかける。

「あっ、あの……久宝で予約が入っていると思うのですが……」

「久宝様でございますね。お待ちしておりました、どうぞこちらへ」

しどろもどろになりつつ先方の名を出すと、すぐに個室へ案内される。

「こちらのお部屋です、どうぞ」

「ありがとうございます」

私がお礼を言うと、その女性が部屋の奥に「お連れ様がお見えになりました」と声をかけた。

その瞬間、すでに先方がこの場にいることを知り、ドッ!!　と心臓が跳ねた。

――嘘、もう来てた!!

待ち合わせに指定された時間よりもだいぶ早く到着したのに、まさか相手の方が早いだなんて。

慌てて部屋の中を覗き込むと、畳が敷かれた和室の奥にいた男性が立ち上がるのが見えた。

「すみません、お待たせしてしまって。く、久宝さん……でしょうか」

「はい。宗守沙霧さん。お待ちしておりました」

黒々とした短髪にかっちりとしたスーツを身に纏《まと》い私に微笑みかけるのは、まごうことなき写真の男性――久宝公章《きみあき》氏だ。写真で見た時も美男子だと思ったが、対面するとそのイケメンぶりに圧倒される。

釣書によると、年齢は三十二歳ということだが、二十代と言われても信じるくらい肌が綺麗で若々しい。体型はスマートで、パッと見た感じ、身長はかなり高い。百八十センチはあるだろうか。

「どうぞ、そちらに。今日は急なお願いにもかかわらずお越しくださり感謝いたします」

にっこり微笑む久宝さんにつられ、私も笑顔を作る。もしかしたら、引き攣《つ》っているかもしれないけど。

「いえ……こちらこそ、今日はよろしくお願いします……」

勧められるまま、私は彼の向かいの席に腰を下ろした。

予《あらかじ》め用意されていたらしく、目の前の大きなテーブルには二人分とは思えないほどの料理が並んでいる。それも色彩豊かな美しいお椀ばかり。

久宝さんの美男子ぶりにも驚いたが、このお料理も私の度肝《どぎも》を抜く豪華さだ。

――うわわわわ……す、っごい……こんなの初めて見た……

ついゴクン、と喉《のど》を鳴らしてしまう。

「何を飲まれますか。ここにはいいお酒も揃っていますが」

メインのお料理はこれから来るということで、飲み物のメニューを手渡される。

「いえ、私はお茶で」

お酒に弱いわけではないが、酔っぱらって何かしでかしでもしたら大変だ。

そう言ってメニューを返すと、久宝さんが少しだけ残念そうに微笑んだ。

「そうですか。では私もお茶をいただくことにしましょう」

オーダーを聞いた店の女性が部屋を出ていくと、久宝さんと二人きりになってしまう。

かろうじてテーブルを挟んで向き合っているものの、会社の同僚以外の男性と二人きりで食事をするなど初めての経験だ。落ち着かなくても仕方がない。

しかも相手は大企業の重役……もし粗相《そそう》をしたらと……私は今、かつてないほど緊張していた。

視線を落として黙り込んでいると、先に久宝さんが口を開いた。

「さて……宗守沙霧さん。今回は急な話でさぞかし驚かれたのではないですか」

「はい。すごく驚きました」

間髪《かんはつ》を容《い》れず返事をしたら、久宝さんがクスッと笑う。

「でしょうね。すみません。ああ、せっかくなので食事をしながらお話ししましょうか。今日は私の方で勝手に選んでしまいましたが……」

「あっ、ありがとうございます！　すごく美味《おい》しそうなものばかりで驚いていたところです」

「この店は何を食べても美味《おい》しいので、私も楽しみにしてきたんです。さ、冷めないうちにどうぞ」

「では……いただきます」

そう言って、まずは小さなグラスに入った食前酒をいただく。これくらいの量なら酔うことはないだろう。

「……ん、梅酒ですね」

「ええ。とても口当たりのいい梅酒だ」

梅酒を口に含みながら、目の前にいる男性をチラリと盗み見た。

グラスを掴む骨張った指に男の色香を感じる。少し伏せた目は睫《まつげ》も長く形がいい。アーモンドアイというのはこういう目のことを言うのかもしれない。

――それにしても、本当に綺麗な男の人だなあ……なんでお見合いなんかするんだろう……こんなにイケメンで地位も名誉もお金もある人なら、お見合いなんかしなくっても女の人の方から近づいてきそうなものなのに。

頭の中を、何故とどうしてでいっぱいにしていると、久宝さんと目が合った。

反射的に目を逸らしてしまい、笑いを含んだ声が聞こえてくる。

「……そんなにおびえなくてもいいのに」

「お、おびっ……!? すみません。こういう場は初めてなので、正直どういう風にしたらいいのか分からなくて。し、失礼なことをしていたらお詫びします……」

「失礼なことなんて、まったくないですよ。可愛いなと思って見ていました」

――か、可愛い……!?

言われ慣れていない言葉に、心底リアクションに困ってしまう。

「あの……そ、それよりもですね……何故、久宝さんは私とお見合いをしようと思われたのでしょう？ 私、久宝さんとお会いしたことって、ありませんよね……？」

勢いに任せて、思っていたことを聞いてしまった。

しかし、久宝さんは静かに首を横に振った。

「いいえ。会っていますよ。覚えていませんか？　こういう男を」

そう言うなり、久宝さんは前髪を横に流し、ジャケットの胸ポケットから取り出した銀縁眼鏡をかける。その姿を見た私は、思わず「あっ」と声を上げる。

微かにだが、見覚えがあった。

――この人、いた……!!

久宝社長が来社した時、付き添いで来ていた数人の男性の中に、こういうビジュアルの人がいたことをうっすらと思い出す。

「思い出しました？」

私の反応を見て久宝さんが嬉しそうに口角を上げる。

「も……申し訳ありません！　今日は眼鏡をしていらっしゃらないし、髪形が違ったので気がつきませんでした」

顔を覚えていなかったことを心から申し訳なく思い、深々と頭を下げた。しかし、久宝さんは笑顔のままだ。

「謝らないでください。あの時、私は社長の隣に座っていただけなので、覚えていないのも無理はないのです。それにあの姿で人前に出るのは勤務中のみなので……あ、どうぞ、食事を進めましょう」

「は、はい。では……」

久宝さんに勧められ、先付けに箸《はし》をつける。肌色をした肝のようなものをドキドキしながら口に入れた。次の瞬間、口の中に未経験の味わいが広がる。

「……！　これ、すごく美味《おい》しいですね……なんていうか、とってもクリーミー……」

「鮟肝《あんきも》ですね。確かに濃厚で、クリーミーです。鮟肝《あんきも》は海のフォアグラと言われているみたいですよ」

久宝さんが美しい所作で鮟肝《あんきも》を口に運ぶ。それを見て、私も再び箸《はし》を動かした。

「そうなんですか。私、二十八歳にして初めて食べました。あ、それで、話の続きをしてもいいでしょうか」

「どうぞ？」

「先ほどのお話からでは、何故、私に今回のお話が来たのか分からないんですが……」

「それもそうですね」

鮟肝《あんきも》を食べていた久宝さんが小さく頷く。

「そもそも、私が社長について払田工業さんへ行ったのは、あなたに会うためだったんです」

「……私に会うため、ですか？」

「ええ。父に宗守さんのことを聞いてね」

「はっ？」

私の頭の中で、過去に久宝社長と交わした言葉や行動が激しく入り乱れる。

何か粗相《そそう》をしてしまったのではないか、失礼なことを言ってしまったのではないか。そのことで頭がいっぱいになると、今度は沸々《ふつふつ》と不安が湧いてくる。

私の異変に気がついた久宝さんが慌ててフォローの言葉を口にした。

「ああ、違います。父はあなたにとてもいい印象を抱いているんですよ。私が聞いたのは、父と歴史の話で盛り上がった、とか……」

思いもしなかった話になって、私は「へっ」と気が抜けたような声を出した。

「……確かにお茶を持って行った時、どういう流れかは忘れましたけど、日本の歴史の話になりました。私も歴史好きなので、楽しくお話しさせていただいたのは記憶にありますが……」

「それが父の中では強く印象に残っているようでね。若くて可愛らしい女性なのに、非常に落ち着いていていて感じがいいと。それからというもの、父が私によく言うのですよ。払田工業の事務員の女性ならお前に合うんじゃないか、とね」

「そんな……ちょっとお話ししただけでそれは……ないんじゃないかと……」

さすがに本気で困惑する。さっきから箸《はし》も止まったままだ。

「もちろん、私も父の言うことを鵜《う》呑《の》みにはしませんでした。ただ、あまりにうるさいので、そこまで言うあなたを、一度この目で見てみようと思いましてね。新年の挨拶《あいさつ》を兼ねて払田工業へ視察に行くという父に同行したのですよ」

「……なるほど。そういう流れでしたか……」

まだ核心にはほど遠いけれど、何故私に声がかかったのか少しだけ理解できた。

それで多少気の緩んだ私は、止まっていた箸《はし》を動かし、お料理を口に入れる。それにつられるように久宝さんも箸《はし》を動かした。

「お食事中失礼いたします」

二人揃って、無言でもぐもぐしていると、さっき対応してくれた女性が入ってきた。注文したお茶と一緒に、立派な海老《えび》の天ぷらと美味《おい》しそうな牛肉のステーキなどをテーブルに置いていく。

ただでさえたくさんの料理が並んでいるのに、更に美味《おい》しそうなものが追加され、言葉が出てこない。

「ま、まだこんなに……食べきれるかな……」

「ふふ。どうぞ、時間はまだまだありますので、ゆっくり召し上がってください」

「あ、ありがとうございます。……ただ、そろそろどこでどうなってお見合いという話になったのか教えていただけませんか？」

私が恐る恐る尋ねると、久宝さんが苦笑する。

「ああ、そうでした。あの日私は、父と談笑するあなたを、初めてこの目で見ました。そして、父の言う通り、若いのに落ち着きがあり、とても可愛らしい方だと思いました」

「……そう……ですか……？」

あまり何度も可愛いとか言われると、妙な警戒心が働く。何故だか、相手の言うことを素直に受け入れられない。

私は無意識に、自分のガードを固める。しかし、彼の話にはまだ続きがあった。

「席を外した時、偶然休憩室であなたと同僚の女性が話をしているのを聞いてしまいましてね。確か、結婚祝いをどうするか、といったことを話していたと記憶しています」

「……はい。確かにそういう話をしていたかもしれません」

ちょうどその頃、同僚の男性が結婚することになり、香山さんと二人で結婚祝いに何を贈ろうかと話し合ったことがあった。

「そこであなたは、『結婚するくらいなら一生一人でいい』と仰《おっしゃ》っていた。それが聞こえた瞬間、私はその場から動けないほどの衝撃を受けたんです」

「衝撃？」

「この女性と結婚したい、と、強く思いました。まあ、簡単に言えば一目惚れのようなもの、ですね……」

まったく予想もしていなかったお見合い話がきた理由に、私は戸惑いも露《あら》わに彼と視線を合わせた。

「は……？　どうしてそうなるんですか⁉」

「それまで私も、結婚する気などまったくなかったからです。好ましいと思った人が、自分と同じ考えだったことが大きな理由だと思います」

涼しい顔で言い放つ久宝さんに、私は目をパチパチさせる。

「ええ？　まさか……久宝さんのような方が、結婚願望がない!?　そんな、見るからに、ものすごく女性にモテそうな方なのに……」

素直に思ったことを口にしたら、久宝さんが楽しそうにクスクス笑う。

「褒《ほ》めてくださりどうもありがとう。でもね、だから、なのですよ。なんせ物心ついた頃から、私に近づいてくる女性は皆、私ではなく、私の後ろにある久宝家に魅力を感じてる方ばかりでしたから」

久宝さんの表情が若干曇る。そんな彼につられて、私まで神妙な顔になってしまう。

「女性が結婚相手に求めるのは肩書きや家柄。そこには愛など存在しない。私はずっとそう思って生きてきたんです。結婚式で夫婦が愛を誓う場面があるでしょう？　私からすれば、あれは滑稽《こっけい》以外の何物でもなかった」

大企業の創業家で資産家。そんな家に生まれた彼には、私みたいな庶民には理解できないような苦労がたくさんあるのだろう。それは理解できる。けれど……

納得いかないことがあって、思わず軽く手を上げた。

「あの、ちょっといいですか？　どちらも結婚する気がないのに、どうして今回のようなお話になったんでしょう……」

「そこなんですが」

彼はお茶を一口飲んでから、私と視線を合わせてくる。

「実は、まるで結婚する気のない私に、周囲が無理矢理見合いをセッティングしてくるのをどうしようかと思っていたのですが、あなたの話を聞いた時ひらめいたんです。あなたのように、最初から結婚に夢も理想も抱いていない方との結婚なら上手《うま》くいくんじゃないか、と。元々結婚願望のないあなただったら、私の後ろ盾や肩書きなど気になさらないでしょう？」

理由を知り、ますますわけが分からなくなる。

「な、なんでそうなるんですか？　私は、一生結婚する気はありません。その時、お聞きになったんですよね？」

彼にちゃんと伝わるよう、ゆっくり、はっきり説明した。しかし彼は、理解しているのかどうか分からない微妙な表情を浮かべたままだ。

私の中にだんだんと暗雲が立ちこめてくる。

マズいぞ。

このままでは結婚を前提に……という流れになってしまいそうな気がする。

私は慌てて久宝さんに両方の手のひらを向け、全身で「無理」とアピールする。

「私が結婚をしたくないのには、ちゃんと理由があるんです。軽い気持ちでしたくないと言っているわけではありません。揺るぎない根拠がちゃんとあります」

すると久宝さんが身を乗り出し、興味深そうに尋ねてくる。

「では、その理由を教えていただけませんか？」

私はいたし方なく、超恋愛体質な母にずっと振り回されてきたことを話した。

私の身の上話を聞いている間、久宝さんは神妙な表情をしていて、全部聞き終えると「そうですか……」と静かに息を吐いた。

「確かに、自分の親に何度も結婚と離婚を繰り返されるのは辛いですね。私がもしあなたの立場だったら、やはり同じ結論を出すかもしれません。それと、男性が苦手ということですが、もしかして義理のお父様に何かされたのですか？　その、言いにくいかもしれませんが虐待、とか……」

「あ、いいえ。虐待はされてないんです。そうではなくて……」

この人を信用したわけではないので、さすがにこれ以上のことは言えなかった。

しかし私の表情や態度から、何か察するものがあったのか、久宝さんの表情が強張《こわば》った。

「大変申し訳ありません。嫌なことを思い出させてしまいました」

この人は、勘のいい人なのだと思った。相手の顔や態度でかなりのことが分かる人なのだと。

それが分かり、少しだけ気が緩んだ。

「いいえ、もう何年も前のことですから……それに実際被害には遭っていないので大丈夫です。一緒に住み続けていたら危なかったかもしれませんが、すぐに母方の実家へ逃げたので。でも、それ以来男性と接するのが苦手なんです。学生時代のクラスメイトや勤務先の同僚でも、異性として好意を持って近くに来られると怖いと言いますか……ダメなんです。だから私に結婚なんか無理なんです。……これで分かっていただけますでしょうか」

ここまで話せばきっと分かってもらえるはず――と思っていたのだが、久宝さんは首を横に振った。

「いえ。分かりません」

私は大きく目を見開き、口をあんぐりさせる。

「ど、どうして……」

「過去のことに関しては、辛い思いをされたのだとお察しします。でも、それとあなたが結婚せずずっと一人でいるのは違うと思いますよ。それに、嫌な思い出こそ幸せな思い出で上書きすべきです。違いますか？」

優しく微笑む久宝さんを見つめたまま、私は口をパクパクさせる。まさかそんな風に切り返されるとは思わなかった。

――ほ……本気で言ってるの？　この人……

「ま、待ってください。そんな風に思ってくださるのはとても嬉しいのですが、そうした気遣いは私には不要です」

「不要、ですか」

久宝さんが苦笑するのを見て、言い過ぎたことに気づく。

「ごめんなさい、今のは言い過ぎでした……でもよく考えてください。久宝さんは大企業の重役ですよ？　高卒の事務員である私と結婚なんて、ご家族や周囲が納得するはずがありません」

これに対し、すかさず久宝さんの声が飛んでくる。

「ご心配には及びません。そもそも、あなたを私に勧めたのは父ですし。何より両親は私以上に苦労してきたのでね。私が本当に結婚したいと思って連れてきた女性なら、どんな方でも大歓迎だと常々言っております」

心配無用、と微笑む久宝さんに、私は無言でおののく。

——これは……本気でヤバくない？　このままだと、本当にこの人と結婚なんてことになりかねない……！

「で、でも、やっぱり私には無理だと思います。さっきもお伝えした通り、そもそも男性といることが苦手ですし……」

「宗守さん、ここの食事は美味《おい》しいですか？」

急にまったく関係ないことを聞かれ、はっ？　と変な声を出してしまった。

「え、ええ……とても美味《おい》しいです……」

「もし、あなたが言うように、男の私といることを嫌だと思っているのなら、一刻も早くこの場を立ち去りたいと思うはずです。とても料理など味わう余裕などないでしょう。でも、そうではない」

「そ……それは……」

確かに久宝さんの優しい雰囲気は一緒にいて嫌じゃない。食事を食べる所作も綺麗だし、近い距離で食事をしてもまったく嫌な気は起こらない。

しかし、だからといってこの人と結婚できるかはまた別の問題だ。

「でも、私は……母みたいになりたくないんです……」

思わず、本音が零れ出る。そんな私へ、久宝さんが静かに言った。

「あなたとお母様は違います。むしろそういうお母様を見てきたからこそ、別の道を選ぶことができるはずです。それにあなたは、何故お母様が何度も結婚と離婚を繰り返すことになるのか、その理由が分かっているのでは？」

ズバリ言い当てられて、黙り込んだ。

久宝さんの言う通りだ。結婚と離婚を繰り返す一番の理由は母の惚れっぽさだが、恋愛が上手《うま》くいかない理由は相手に依存しがちな母の性格によるものだと思っている。

だからこそ、私は男性に依存しない、絶対にしたくないと思っていた。

「……確かにそうですが、でも……」

私との結婚を望んでくれる久宝さんには申し訳ないが、やはり私には結婚など考えられない。

――どうしたらいいの。どうするのが一番いいの……

勤務先の取引先の重役であるこの人の気分を害さず、穏便に断るにはどうしたらいいのだろう。

文字通り頭を抱えたくなったその時、久宝さんが口を開く。

「でしたら、試してみますか？」

そう、問いかけられた言葉に、私は静かに顔を上げた。

「……試す？　何をですか……」

「いろいろと、ですよ。このままここで言い合っていたってキリがありませんし。物は試し、と言うでしょう？」

私を見て、久宝さんが居住まいを正し、ジャケットの襟《えり》を直す。

「宗守さん。一度、ひと通り試してみるのはいかがでしょう」

――試す……？　それって……デートでもして男に慣れろと言うのだろうか。

「試す、だなんて。久宝さん相手にそんなこと、できません」

「私はまったく構いません。あなたの気持ちを変えることができるのなら、なんだってします」

「……でも……」

とはいえ、彼の言うことにも一理あるような気がしてきた。端《はな》から無理だと決めつけるのは、確かに相手に対して失礼な気がする。

「……試してみて、やっぱりダメだった場合は……？」

おずおず尋ねてみると、彼は寂しげに目を伏せた。

「その時は仕方ありません。ご縁がなかったと諦めます」

それを聞いた私は、額《ひたい》に手を当て視線を彷徨《さまよ》わせる。

――つまり、一度久宝さんとデートをしてみて、ダメならこの話は断ってもいい……

私は一度深呼吸をして、久宝さんと目を合わせた。

「……分かりました。そのお試しというのを、してみます。ですが、それでダメだった場合は、このお話はお断りさせていただきます」

返事をした途端、久宝さんの顔がパッと明るくなり、目尻が下がった。

「ありがとうございます。よかった。これでやっと食事に集中できます。宗守さんもどうぞ、召し上がってください」

「はい」

こればかりは同意しかない。いくらすごい料理が目の前にあっても、話が終わるまでは食事どころではなかったのだ。これでようやく、料理を食べることができる。

箸《はし》を取り、一時間ほどかけて全ての料理を食べ終えた。

その間、久宝さんとは趣味の話や、仕事の話でそこそこ盛り上がったように思う。

食事を終え、店の前で改めて久宝さんと向き合い、お礼を言った。

「ご馳走様でした。こんなに素敵なお店や、お料理は初めてで緊張しましたけど、とっても美味《おい》しかったです。今日はありがとうございました」

はっきり言ってここの食事代がいくらなのかは分からない。しかし、恐ろしい金額なのは間違いないだろう。

内心で請求金額にビクビクしていると、久宝さんが涼しい顔で会計を済ませてくれた。

『今日は私に払わせてください。あなたとの初めての食事の記念ですから』

そう言ってくれたので、ものすごく恐縮しつつ、お言葉に甘えさせてもらった。

「いえ、私こそ来ていただいてお礼を言わなくてはいけません。取引先という立場を利用して強引に見合いを申し込んでしまい本当に申し訳なかった。ですが、私は真剣です。そのことだけはどうか分かっていただきたい」

「それはもう、充分、分かりましたので……あの、それでお試しはいつにしましょうか？」

お試しデートをするのなら、そう遠くないうちに予定を入れておいた方がいいのではないか。

そう思った私がスマホを取り出し、スケジュール管理アプリを開いていると、久宝さんが満面の笑みで私を見つめてくる。

「準備がありますので、改めてご連絡を差し上げる形でもよろしいですか？　なるべく早めに連絡いたしますので。すみませんが、連絡先を伺ってもよろしいでしょうか」

「はい」

久宝さんの番号を確認して、私の番号も入れてもらった。

——それにしても、久宝さんの言ってた準備って、なんだろう……？

そう思いつつ、挨拶《あいさつ》をして別れる。

歩き出してしばらくすると、料亭の駐車場から黒い高級そうな車が出て行くのが見えた。

それを見送りながら、私はさっきまで一緒に食事をしていた男性のことを思い返す。

これまで私が会ったことがないような、上品で物腰柔らかな紳士。

彼のことを形容するなら、これがぴったり当てはまるなと思った。

――まさか私に結婚を申し込んでくる人がいるなんて……しかも、あんなにイケメンで社会的地位もある人が……

本当に世の中にはいろんな人がいるものだと感心する。

思いがけず見合いなどする羽目にはなったが、終わってみた率直な感想は、意外と男性とも普通に話ができたというもの。さすがにまた会うことになるとは思わなかったが。

――久宝さんかあ……強引だったけど、不思議と嫌な感じはしなかったな……

でも、私は結婚する気はない。彼の提案を受け入れることになったけど、次で最後だ。

そう自分に言い聞かせながら、私は生まれて初めての見合いを終え、帰路についたのだった。


週が明けた、月曜日。

いつも通り出勤して、自分の席に着いた時、勢いよく社長が事務所に飛び込んできた。

「宗守さん!?　ちょ、ちょっといいかい」

明らかに尋常ではない社長の慌てぶりに、驚いて席を立つ。

「おはようございます。ど、どうかされたんですか……？」

何かトラブルでも起きたのだろうか。私に用があるということは、事務処理でミスがあったのかも……と不安が胸をよぎる。

すると社長は周囲に誰もいないことを確認してから、声を潜めて私に問う。

「いやどうもこうも……宗守さん、久宝さんとの縁談受けたって本当なのかい？」

「……え？　縁談を受けた？　いえ、そういうことは……デートをする約束はしましたけど……」

至って冷静に対応したつもりなのに、何故か社長の顔がパッと花が咲いたように明るくなった。

「デートの約束をしたのか……!!　いやね、たった今久宝さんから直々《じきじき》に連絡をもらったんだよ。君のことを素晴らしい女性だった、是非この縁談を進めたいと仰《おっしゃ》っていて……ほ、本当ならすごいことだよ！　あの久宝家の御曹司と宗守さんが結婚だなんて、私は……私は嬉しくて……」

あろうことか社長は目に涙を溜め、鼻を啜《すす》りだしたのでギョッとする。

「え、あ、あの、社長、待ってください！　私、この縁談を受けるとは一言も……」

何か誤解をしている様子の社長に、きちんと説明しようとした。だが、社長は私の話を聞かず、溢《あふ》れる感情を抑えきれないといった感じで早口で捲《まく》し立てる。

「いやあ、一生一人でいいと言っていた宗守さんが……きっと日頃の行いがいいからだろうなあ……結婚式に呼んでくれると嬉しいんだけど」

「いや、あの……社長、ちょっと待ってください」

結婚する気はありません。

この言葉が喉《のど》まで出かかる。でも、目の前でこんなに喜んでくれている社長に事実を話していいものか、迷いが生じた。

私の心臓が、急激にドクドクと脈打ち始める。

「社長、あの……ま、まだ結婚するかどうかは未定なのです。なので、誰にも話さないでいただけますか？　い、一生のことですし、私としてももっと時間をかけて慎重に決めたいと思っているので……」

どうにかこうにか浮かんできた言葉でこの場を落ち着かせる。それを聞いた社長は、笑顔でウンウンと頷いていた。

「ああ、それがいいそれがいい。二人でゆっくり決めたらいい。この話は、私の胸の内に留めておくから、安心してくれ」

「ありがとうございます。あの、久宝さんに確認の電話をしてきてもよろしいでしょうか」

「いいともいいとも。始業時間まではまだ時間もあることだし、よろしく伝えてくれな」

社長が笑顔で事務所を出てすぐ、私は慌ててバッグの中にあったスマホを手にする。そのまま事務所を飛び出し、工場の裏手で久宝さんに電話をかけた。

ここなら誰にも電話の内容を聞かれないはず、と周囲を気にしながらスマホを耳に当てていると、三コールもしないうちに彼の声が聞こえた。

『はい。宗守さん？』

久宝さんの声はこの前と同じように、落ち着いていて、慌てている様子はまったくない。

「お忙しいところ申し訳ありません、今、お時間よろしいですか」

『どうぞ。構いません』

「久宝さん。今、社長からおかしなことを言われたんですが。なんか、私が久宝さんとの縁談を受けた、みたいになってるんですけど……あれは、うちの社長の勘違いですよね？」

『いいえ』

はい、と返ってくると思っていた返事は、まったく逆のものだった。

「……あの、今、久宝さんなんて……」

『払田社長には、宗守さんとの見合いが上手《うま》くいったとお伝えしました。実際、私達はこれからひと通り試し、それから今後の判断をするんです。現状、上手《うま》くいっているで間違いないのでは？』

私は後頭部を鈍器で殴られたようなショックを受ける。

確かに、私達の関係は進んでもいないが終わってもいない。だが、どう考えても上手《うま》くいっているは言い過ぎだ。

「だからって、上手《うま》くいっているなんて言ったら、まるで私達が結婚するみたいに聞こえるじゃないですか。ちゃんと事情を説明した方がいいと思うのですが」

『ひと通り試すことを、ですか？』

そう切り返してきた久宝さんに、私は妙な違和感を抱く。

——久宝さん、さっきからひと通り試すって言ってるけど……

考えてみれば、お見合いの席でもそんなようなことを言っていた気がする。

はっきり言って、嫌な予感がした。

「久宝さん、あの……ひと通りって、なんのことですか？」

『言葉の通りですが。デートからもし私達が結婚をした場合のシミュレーションまで。つまり、結婚生活を実際に体験してみるということです』

「はあッ!?」

驚きのあまり、後ろにある工場の内部にまで響いてしまいそうなほどの大声を出してしまった。すぐにマズいと思い、慌てて声のボリュームを落とす。

「まままま、待ってください!!　私、デートをすることは承諾しましたが、結婚生活を試すなんてひとっ言も聞いていません!!」

『おや？　でも、あの時私は、一度、ひと通り試してみては、と提案しました。宗守さんはそれに同意してくださいましたよね？』

「……そ、それは……」

——確かにあの場では同意したけど……でも普通、「ひと通り」というワードだけで結婚生活まで想定しないよね!?　私がおかしいんじゃないよね!?　久宝さんの言っていることが規格外過ぎるんだよね!?

動揺と混乱で、おそらく私の顔は強張《こわば》っていたと思う。しかし、そんな私とは裏腹にスマホから聞こえてくる久宝さんの声は、変わらず淡々としていた。

『……困りましたたね。あなたが同意してくれたので、すでに新居となる自宅へ業者を入れて、クリーニングを始めているところなんですよ』

それを聞き、驚きすぎて口から心臓が出るかと思った。

――準備ってそれのこと!!

「新居!! まさか……い、一緒に住む、ということですか!? 私と久宝さんが!? 二人きりで!?」

『ええ。あ、でも家事をしてくれている通いの家政婦さんがいますので、厳密には二人きりというわけでは……』

「そんなことを聞いているのではありません……!! む、無理です。いくらお試しだからって、男性と一つ屋根の下で暮らすなんて……とんでもないですっ！」

するると、電話の向こうで久宝さんが数秒沈黙する。

『でも、実際に一緒に生活してみないと上手《うま》くいくいかないの判断はできませんよね。一緒に生活してみた上で私とはやっていけないと判断されたなら、諦めるしかありませんが、一度デートをしただけで合わないと判断されるのは、こちらとしても納得いかないもので』

「そんなこと言われても……」

これはもう、謝るしかない。

勘違いでした、やっぱり結婚はできませんとはっきり言うべきだ。そうでなければ絶対に後々面倒なことになる。

私は胸に手を当て呼吸を整えてから、一気に謝罪の言葉を口にした。

「申し訳ありません。久宝さん、私、勘違いしておりました……お試しデートくらいなら、と提案を了承しましたが、一緒に生活をするとなると話は別です。どう考えても私には無理です。なので、今回の話はなかったことにしてください」

しかし、この思いは通じなかった。

『生憎《あいにく》ですが、なかったことにはできませんね。それに、勘違いでも構いません。謝らなくていいので、とにかく私と一緒に生活してみてください』

その返答を聞いて体がふらつき、後ろに倒れそうになる。

「ちょっと待ってください。本当に無理です……」

話の通じない相手を納得させるにはどうすればいいのか。私が必死で考えを巡《めぐ》らせていると、スマホから優しい声が聞こえる。

『ああ、それとこれは払田社長からは内緒にしてほしいと言われていたのですが、実は宗守さんには、他にも数件縁談の申し込みが来ているそうですよ』

「……………は？　な、なんですか、それは……私、そんなこと一言も聞いていませんけど……」

『払田社長のご友人の息子さん達らしいですが、今回私との縁談が浮上したことで、他の方々は諦めてくださったようですね。ですが、私との縁談を断れば、確実に次の縁談があなたに舞い込んでくることになるでしょうね』

初めて聞く話に、更に頭が混乱する。けど、ここで怯《ひる》んだら負けだ。私はなんとか気持ちを奮《ふる》い立たせる。

「私は絶対に誰とも結婚しません。一生一人で生きていくと決めているんです。社長もそのことはご存じですので、たとえ縁談が来ていようと関係ありません。断っていただくだけです」

『それはどうでしょう？　払田社長は人がいいですからね、今までは断ることができたかもしれませんが、一度私との見合いを受けてしまった以上、他の方からの話を断るのは難しいのではないでしょうか』

「そ……それは……」

『ですが、ここで私との縁談を形だけでも進めておけば、あなたは当面の間、縁談を回避することができますよ。私とお試し結婚生活をするか、他の方とも見合いをするか。あなたの好きな方を選んでください』

「そんな……」

――何この久宝さんに都合のいい展開は……

最初に彼に感じた、物腰の柔らかな紳士というイメージが、ガラガラと崩れていく気がした。

この人、こういう流れになることを端《はな》から分かっていたのでは？　そんな疑念を抱かずにいられない。

　そもそも、見合い話からして断ってもいいという前提で引き受けたはずが、いつの間にか次の約束を取りつけられて、気づけば外堀を埋められている……

「久宝さん……あなた、最初から私との縁談について、引くおつもりはありませんね？」

『察しがいい女性は好きですよ。そうです。私は、なにがなんでもあなたと結婚したい。そのためには、策を惜しみません』

「ひ……卑怯《ひきょう》です！　あなたのような立場の人にそんなことをされたら、私みたいな立場の人間は抵抗できないじゃないですか」

『抵抗してくださって大いに結構ですよ。宗守さん、私はね、三十二年の人生で女性を追いかけるというのが初めてなのです。ですので今、この状況にものすごく興奮していますし、楽しくて仕方がありません』

　なんてことだ。紳士なんてとんでもない。物腰の柔らかさにうっかり騙《だま》されてしまったけど、この人はとんだ食わせ者だ。

「あなたは社会的には地位のある人ですけど、男としては……最低ですね」

　精一杯の憎まれ口を叩いてみたものの、スマホの向こうからは楽しそうな笑い声が聞こえてくる。

『ええ。それは自分でも重々承知しています。でも、私はあなたを服従させたいのではない。あくまで、一緒に幸せになろう、という提案をしているのです。そこだけは間違えないでください』

——一緒に幸せになろう、ねえ……

今更、何を言われても信じられないし、ため息しか出てこない。

こうなったら、お試しでもなんでもして、早々に私と一緒では幸せになれないと気づいてもらうしかない。

それしか、この人との結婚から逃れる方法はないのだと悟った。

「……分かりました。ですが、あくまでお試しですから。無理だと思ったら、遠慮なく終了させていただきますので、それだけはご理解ください」

強めのトーンで断言すると、すぐに『分かりました』と返事があった。

『一緒に生活をしてみて合わないようであれば仕方がありません。その時は、約束通り諦めます。ですが、私は全力であなたを愛しますので、その覚悟だけはなさってきてくださいね』

全力であなたを愛する。

そんな漫画みたいな台詞《せりふ》を現実で言ってくる男性がいるなんて思わなかった。

途端に耳や顔が熱を持ち、熱くてたまらなくなる。

「……ぜ、全力でって……どんなですか……」

『そのまま受け取っていただいて結構です。こう見えて私の愛は重いと自負しておりますので』

「それは……あまりいいことではない……」

『ふふ。では、準備が整い次第またご連絡いたします。……楽しみにしててくださいね』

意味ありげな最後の言葉に、心臓がどくん、と跳ねた。

通話が切れ、私はスマホを持っていた腕をだらりとさせる。

――な……なんなの。この人……

物腰柔らかな紳士の仮面を被った、とんだ策士、久宝公章。

私は、とんでもない男に好かれてしまったのかもしれない。そう思った。

三

久宝さんとのお見合いから二週間ほど経過した週末。

私は十年間住んでいるアパートでスーツケースを前に時計と睨《にら》めっこしていた。というのも、つい先日、久宝さんからお試し結婚生活をする住居の準備が整ったと連絡があったからだ。

私が住んでいるのは、築年数の古い二階建てのアパート。十年前、就職が決まり祖父母に保証人になってもらいここに住み始めてからは、ここが唯一私の心安まる場所だった。

そんな場所から一時的とはいえ、離れる日がやってこようとは。

部屋の中を見回しながら、私は急激に変化した状況にため息をついた。

本当なら数回デートをしてからお試しの結婚生活に入る予定だったらしい。

しかし、のんきにデートなんかしている時間がもったいないと、私から同居を申し出た。私としては、一刻も早く久宝さんにこの縁談を諦めてもらいたいのだ。

その一心でお試しデートをすっとばし、お試し同居生活を始めることにしたのである。

『生活に必要な物はほとんど揃っているので、あなたが必要な物だけ持ってきてください』

久宝さんの言葉を信じ、昨夜のうちに着替えや化粧品などの最低限必要な物だけをスーツケースに詰め込んだ。

大家さんには、しばらく部屋を留守にすることを報告してある。全ての準備を終えた私は、こうして久宝さんが迎えに来てくれるのを待っているのだった。

ぼんやりと床に座り込んだ私は、水筒に入れたお茶を口に含む。

――それにしても、まさかこんなことになるなんて……

自分で決めたこととはいえ、私が結婚生活を体験することになるとは。こんなこと社長や香山さんが知ったら、本気で腰を抜かしそうだ。二人にはなんとしてもこの事実は隠し通さなければ。

それともう一つ、気がかりなのは母だ。

別々に暮らして十年になるが、母はごくたまになんの連絡もなくふらりとアパートにやって来る。その時、私がアパートにいれば問題はないが、もしいなかった場合、あの人はアパートの隣にある大家さんの自宅へ行ってしまうのだ。一応大家さんには、母が来ても何も言わないようにお願いしたが、母が私の行動を怪しんで、毎日のようにアパートに来るかもしれない。そうなると、私がしばらくアパートを留守にしているのがバレてしまう。

もちろん実の親なのだからバレても問題はない。しかし、とにかく恋愛至上主義な母のことだ。私が久宝さんという高スペックな男性と見合いした上、一つ屋根の下で暮らしているなどと知った日には、きっと今すぐ結婚しろとものすごい圧をかけてくるに違いない。

それはもう、息をつかせぬほどの猛烈な圧を。

それが分かっているから、母には久宝さんとのことを知られたくないし、知らせない方がいいと思っている。

——なんせ昔から私に、結婚はいいわよー！　とか恋しないなんて勿体ない、とか熱弁を振るってたからな……

ため息をつきつつ、スマホにメッセージがきていないかをチェックしていると、時刻はもうじき午後一時。久宝さんが迎えに来ることになっている時間だ。

スーツケースを玄関まで運び、外に出ようと靴を履いていると、約束の時間ぴったりに久宝さんからの着信があった。

画面に出た名前を見つめ、ひと呼吸置いてから、通話をタップした。

「はい……宗守です……」

『久宝です。出発の準備はできていますか？』

スマホから聞こえてきた穏やかな声に、つい顔が引き攣《つ》る。

なんでもないような口調で尋ねられたが、こっちは昨夜から緊張してろくに眠れていない。

そんな私の心情を、この人は分かっているのだろうか。

私は久宝さんに悟られないようため息をついて、通勤で使っているバッグを肩に掛ける。

「準備できてますよ。どうすればいいですか？　アパートの外に出てお待ちしていればいいですか？」

『いいえ。今あなたの部屋の前にいますので、ドアを開けてくだされば』

それを聞いて、ひゅっと喉《のど》が鳴った。

「ま、前⁉」

慌ててドアを開けると、耳にスマホを当てて微笑む久宝さんがいた。

「こんにちは宗守さん。今日は良いお天気で何よりですね」

お見合いで会った時と同じように三つ揃いのスーツをパリッと着こなし、美しい顔で微笑む紳士……いや、策士の登場だ。

――い、いつの間に……足音とか何も聞こえなかったよね？　気配を消せるのか、この人は……

怯《ひる》みそうになりながらも、どうにか背筋を伸ばす。

「こんにちは……もしかして時間になるまでずっとここで待ってたんですか？」

スーツケースを部屋の外に出しながら久宝さんを軽く睨《にら》むと、クスッと笑われる。

「来たのはほんの二、三分前ですよ。さ、荷物をこちらに」

四、五日の旅行に適した大きさのスーツケースを、言われるまま彼に渡した。
「……しばらくの間、お世話になります」

しっかり頭を下げると、久宝さんはこちらこそ、と小さく首を傾げた。

「もっと肩の力を抜いてください。なにせ私達はこれから夫婦になるのですから」

サラッと言われ慌てて周囲を確認した。とりあえず、周囲に人はいない。

「ちょっ……!! こっ、こんなところでそういうこと言うのやめてください!! 誰かに聞かれたらどうするんですか!!」

窘《たしな》めると、一歩踏み出した久宝さんが立ち止まって振り返り、肩越しに視線を送ってくる。

「聞かれたら聞かれたで、事実にしてしまえばいいので私としては好都合なのですが」

「……そ、それは……」

「まあ、それはひとまず置いておきますか。では、行きましょう」

「……はい」

もう文句すら言う気になれない。

私はひっそりとため息をつき、彼の後に続いた。

外付け階段をカンカンと音を立てながら下りると、アパートの前に黒塗りの国産高級車が駐まっていた。これはこの前、料亭で見たあの車だ。

——やっぱりアレ、久宝さんの車だったんだ。

我が社も部品を製造している国産自動車メーカーの高級ＳＵＶ。広々としたラゲッジスペースにスーツケースを入れ、私は彼に促《うなが》されて助手席に乗り込んだ。

「お邪魔します……」

「どうぞ。座席はお好きなように調整していただいて結構です」

と言われても、こんな高級車に乗るのは初めてで、どこをどう弄《いじ》ったらいいのか分からない。うちの会社の社用車についている座席の位置やリクライニングを調整するレバーも見当たらないし。

仕方なく、運転席に座った久宝さんに声をかけた。

「あの、これってどこをどうすれば……」

「ああ。これはですね」

久宝さんが一度装着したシートベルトを外す。

「少々失礼します」

「えっ……」

戸惑う間もなく、久宝さんが身を乗り出してくる。そして長い腕が私の体の上を超えて座席の横にある何かを弄《いじ》ると、座席が前にゆっくりと動き出した。

「位置はこれくらい？　もっと前？」

「あっ、は、はい。これで、大丈夫です……」

「リクライニングはここです」

久宝さんが実際操作をしながら教えてくれる。だけど、今の私はそれどころではなかった。

男性が滅茶苦茶近くにいることに体が強張《こわば》り、顔を上げることができない。

――ひー、近い近い……っ!! しかもなんかいい匂いがするっ……!!

「宗守さん？ どうかしましたか」

体勢を戻しながら、久宝さんが私の顔を覗き込んでくる。

――思いっきり体が逃げているの、バレたかな……

「いえ……ありがとうございます」

「はい」

私がシートベルトを装着したことを確認すると、久宝さんは静かに車を発進させた。

幹線道路に入り車が流れに乗ると、さっきの動揺が多少は治まってくる。

それにしても、急に体が近づいてきたのには驚いてしまった。

――久宝さん、すごくいい匂いがしたな……なんの匂いだろう。香水？ それともシャンプーとかだろうか……？

決して彼を異性として意識しているわけじゃない。だけど、あまり男性との接触に慣れていないからか、どうしても距離が近いと緊張して体がガチガチになってしまう。それは久宝さんがイケメンだからとかではなく、男性なら誰に対してもそうなってしまうのだ。

――最近男性と接触することがほぼなかったから忘れてたけど、やっぱり私、何年経っても男性が近くに来るとダメだな……

やはり私は結婚に向いていない。そう、つくづく思い知らされた。

「宗守さん」

「はっ！　はい‼」

ふいに声をかけられ、弾かれたように久宝さんを見る。

「これから向かうのは私の自宅ですが、先日ご説明申し上げたように、住んでいるのは私だけです」

久宝さんが片手でハンドルを握りながら、淡々と説明を始めた。

「あと、通いの家政婦さんがいらっしゃるんでしたっけ？」

「ええ。佐々木《ささき》さんという年配の女性です。お世話になってもう十年近くになります」

頭の中で家政婦さんの姿をイメージする。十年も通い続けているということは、久宝家の皆さんから相当信頼されている方に違いない。

だけど、どうして久宝さんは一人で住んでいるのだろう？　ご両親は健在のはずだけど……

「あの、一つお伺いしてもいいですか」

「はい。なんなりと」

「一緒に住んでいない、ということは久宝さんのご両親はどちらにいらっしゃるんですか？」

「近くに住んでいますよ。私が今住んでいるのは別宅の一つなんです。久宝家には本宅以外に別宅が三つと、別荘が国内に四つほどあるので。現当主である父が住む本宅は、私が住む別宅から数キロ離れた場所にあります」

なんでもないことのように話す久宝さんを前に、私は口を開けたまま呆然とする。

――次元が違いすぎる……

「す、すごい……ですね、さすが……」

「でも私は、そんなに必要ないと思ってるんですけどね。両親の許可が出れば、いくつか処分したいくらいなんです」

「えっ、なんでです？　どのお宅も歴史のある立派な建物なのでは？」

「そうですが、ただ置いておくくらいなら、市や町に寄贈するなり、建物を何かに利用してもらった方がいいような気がして」

なるほど。それは確かに。貧乏人の私もそう思う。

「確かに、そういう考え方もありますね。今は古い建物を利用した古民家カフェとかも流行《はや》っていますし……」

「ええ。一度そういう場所に行ったことがありまして、うちの別宅もこういう風に使ってもらえたらいいんじゃないかなと。ですので、私の代になったら実行しようと思っています」

「久宝さんって、ご兄弟はいらっしゃるんですか？　あっ、すみません。質問は一つ……と言ったのに……私ったら図々しいですね……」

何気なく質問した後に、さっき自分が言ったことを思い出した。しかし久宝さんは、ちらっと私を見ると、楽しそうに頬を緩めた。

「いくつ聞いてくださっても構いませんよ。兄妹は、妹が一人おります。もう嫁に行きましたが」

「そうなんですか。おいくつでご結婚を?」

「えーと、二十二……か三、だったかな? 大学を卒業してすぐ、学生時代からお付き合いしていた方とあっさり結婚してしまいました。その時は、父が随分落ち込んでいたのを覚えていますよ。で、宗守さんはご兄弟は?」

私は前を見たまま、静かに首を横に振る。

「いません。一人っ子です。母は何度も結婚したのに、子供は私だけなんですよね……」

「それは、もしかしたらお母様なりに宗守さんに配慮されたのでは……?」

「いえ、それはないかと……私に配慮してたなら、あんなにホイホイ結婚と離婚を繰り返したりしないと思いますし……」

「そうでしょうか。まあ、その辺りはいつか宗守さんのお母様に直接聞いてみたいところではありますが……あ、もうすぐ到着します」

思い出したように言われて、背凭《もた》れから体を起こす。

窓から久宝邸らしき建物を探していると、車は幹線道路から住宅街に入っていく。一軒一軒の敷地がやけに大きな家が建ち並ぶ中、久宝さんはある建物の前でハザードランプを点滅させながら車を駐めた。塀の奥にチラッと見えているのは要塞のようなコンクリートの建物で、家の前には私の身長くらいの高さはあろうゲートがある。

「今、ゲートを開けますね」

彼がどこからか取り出した小さなリモコンを操作すると、ガタンという音と共にモーターの動き出す音がして、ゲートがゆっくりと開き始めた。

全て開いたところで久宝さんが再び車を発進させ、家のポーチ付近に車を横付けにした。

家自体もこんなに大きいのに、更にもう一軒家が建てられそうなほど大きな庭もある。別邸ということだけど、敷地だけでも相当の広さがあるに違いない。

あまりのすごさに呆気にとられていると、久宝さんがシートベルトを外した音が聞こえた。

「着きましたよ。今、荷物を下ろしますね」

「あ、ありがとうございます」

先に車を降りた久宝さんに倣《なら》って私も車を降り、今自分の目の前にある大きな邸宅を見上げる。

コンクリート打ちっぱなしの硬質な外観に、細く横長な窓と縦長の窓がいくつか。

色味はシンプルだけど、モダンでスタイリッシュな外観に、胸がときめく。

――わ……素敵な家……

社会人になってからは、ほとんど友達と呼べる人がいないので、誰かの家に行くというのがそもそも十年以上ぶり。しかも、こんなに大きくてお洒落《しゃれ》な家は初めてだ。

ラゲッジスペースから下ろした私のスーツケースを持ち、久宝さんが玄関に向かって歩き出す。

「さあ、どうぞ宗守さん、ようこそ久宝家へ」

私が住んでいたアパートのドア二枚分はある大きなドアを開けると、その向こうに広々とした空間が広がっていた。

「お邪魔いたします……」

「靴はどこでも好きな場所に置いていただいて結構です。ブーツなどがありましたら、こちらにあるクローゼットへ入れてください」

「は、はい。っていうか、持ってきてませんけどね……」

長く滞在するつもりがないので、靴は今履いているローファーだけだ。

私の呟きは運良くスルーされたようで、久宝さんが家の中へ入っていく。

辺りを見回しているうちに、久宝さんはすでにスリッパを履いて部屋の中に進んでいる。私は急いでその後に続いた。

これってやっぱり、著名な建築家やデザイナーの手がけた家なのかな。

三十……いや、四十畳はあろうかという広いリビングにつれて来られた私は、ただただ圧倒される。中庭に面した大きな窓に暖炉、存在感たっぷりのソファーと、床に敷かれたふかふかの白いラグ、そして大画面テレビ。

なんだかモデルルームに足を踏み入れたみたい。そんなことを思っていると、久宝さんがスーツケースを持ったままリビングの階段を上《のぼ》っていく。

「先に宗守さんに使っていただく部屋へご案内しますね、こちらです」

「部屋、ですか？　私用のお部屋があるのですか？」

素直に思ったことを口にしたのだが、何故か階段を上《のぼ》っていた久宝さんが立ち止まり、私を振り返った。

「部屋を使わなかったら、一体どこで生活をするのです？」

ちょっと何を言われたか分からない、という顔をされた。

「いやあの、私、どこでもいいっていうか……最悪、リビングの一角とかでも全然生活できるので」

「着替えはどうするんです」

「それは……私、服を着たまま早着替えとかできますんで……」

「お試しとはいえ、新婚生活を始めるんです。つまり、その間この家はあなたの家ということです。そこにあなたの部屋があるのは当たり前でしょう。この家にいる間は、好きに使ってくださって構いませんよ」

笑顔で諭され、思わず素直に頷いてしまった。

「……わ、分かりました……」

笑顔なのに有無《うむ》を言わせぬ迫力があった。ここは大人しく彼に従うことにする。

連れてこられた二階は、一階と同様にフローリングとコンクリートでできていた。一階部分の吹き抜けを囲むように、いくつかあるドアのどれかが久宝さんの部屋ということだろうか。

「手前から書斎、寝室です。宗守さんに使っていただくのは、こちらの部屋になります」

廊下の突き当たりの壁にあるドアを開き、久宝さんがどうぞ、と中へ入るよう促《うなが》す。

「……え、ここが……私の部屋」

部屋の中を覗き込むと、そこは十畳ほどのフローリングの部屋。中央には白いファーのようなラグが敷かれていて、壁際には立派なドレッサーもある。

「はい。着替えや身支度を調える時はこちらの部屋を使ってください」

後から入ってきた久宝さんが、部屋の奥にある大きなクローゼットを開ける。そこは、私が持ってきた荷物はもちろん、アパートに残してきた洋服も全部入れられそうなくらい広い。

「す、ご……いいんですか？　私が使っても……」

「もちろんですよ。そのためにハウスクリーニングしたんですから。ですが、宗守さんの好みがよく分からなかったので、これくらいしかできなかったんです。他に必要なものがあれば、買い揃えますので遠慮なく仰《おっしゃ》ってください」

にっこり久宝さんに微笑み返されると、私はなんとも言えない気持ちになる。

買い揃えます、なんてサラリと言われたけど、この人は紳士の仮面を被った策士だ。

こんな大きな家を同居のためだけにハウスクリーニングしただけでも重たいのに、更に必需品を買い揃えられたりしたら、本格的に彼から逃げられなくなってしまうのではないか……

——それはダメだ。ここはやっぱり、一刻も早く彼には諦めてもらわないと……!!

決意を新たに、私はそのためにどうすべきかを考える。

たとえば、彼の厚意を逆手に取って、彼が呆れるくらい散財する……とかはどうだろう。そうすれば私に資産管理など任せられないと思うかもしれない……

いや、ちょっと待て。もし、お試し生活終了後、買ったものを全て買い取ってくれなんて言われたら……

想像して冷や汗が出た。

——怖っ!! 買い取り怖っ!! それだけは勘弁願いたい。

家の中の設備について大体の説明を受けた後、部屋で持ってきた荷物を片付ける。それが終わると、やることがなくなった。

できることならずっと部屋に籠もっていたいが、そうも言っていられない。何故なら私は、一刻も早く結婚相手に相応《ふさわ》しくないと思われなくてはいけないのだから。

彼に諦めてもらうためには、一体どうすればいいのか。

いくら口で無理だと言っても、あの人は絶対に聞き入れないし納得しない。それは、これまでのやり取りで分かっている。だから、破談に納得してもらうためには、ある程度一緒に過ごした上で無理だと言う必要があるのだ。

私は部屋を出ると、一階のリビングへ向かうため階段を下りる。階段の真ん中に差し掛かると、リビングのソファーに座る久宝さんの姿が見えた。

彼はさっきまでのスーツではなく、白い長袖《ながそで》のシャツとベージュのチノパンというラフな服装に変わっていた。髪も崩して、完全に休日モードになっている。

――へ……くっ、久宝さん……？

これまでスーツ姿の彼しか見てこなかったので、ラフな私服姿がひどく新鮮に見える。同時になんだか見てはいけないものを見てしまった気がして、階段の途中で動けなくなる。しかし、不意に顔を上げた久宝さんにあっさり見つかってしまった。

「片付けは終わりました？　お茶でも飲みますか？」

私の姿に気づくなり笑顔になった久宝さんは、それまで太ももに載せていたパソコンをどけて立ち上がる。そして、リビングの奥にあるキッチンへ歩いていく。

久宝さんがお茶を淹れてくれるのだろうか？

「あの、よければ私が、淹れますけど……」

彼はアイランドキッチンの壁際にある棚を開け、中から茶葉を取り出し私を振り返る。

「そうですか？　そうしてもらえると助かります。実は恥ずかしながら、キッチンに関してはあまり詳しくないんです」

見ると、久宝さんの手に握られているのは、昆布茶だ。

「……それ、久宝さんが飲むんですか？」

「いえ、お茶はないかなと探していたらこれがあったもので。他にも種類があるはずなんですが、どこにあるか把握していなくて。参ったな、こんなことなら事前にチェックしておくべきだった」

「昆布茶……」

久宝さんが昆布茶を飲まないとなると、これは料理で使うものかもしれない。

「ちなみに、久宝さんはいつもどんなものを飲まれるんですか？」

尋ねると、彼はキッチンの奥にいくつか並んでいる家電を指さした。

「私はいつもあれでコーヒーを淹れています」

久宝さんが指さした先には、コーヒーメーカーがあった。

「あ、これ……新しいやつですね。以前、家電量販店で見て、いいなって思ってたんです。これで淹れるコーヒーは美味《おい》しいですか？」

私が普段飲んでいるコーヒーは、インスタントか簡易ドリップ式のみ。

こんな立派な機械で淹れるコーヒーを飲む機会はまずない。

「ええ、とても美味《おい》しいです。いつも豆を買ってきて、隣にあるグラインダーで挽《ひ》くんですよ。挽《ひ》き立ての豆から淹れるコーヒーは最高に美味いです。よかったら淹れましょうか？」

「い……いいんですか？　ぜひいただきたいです……！」

そう言うと何故か、久宝さんの顔がぱあっと明るくなった。

「今、豆を挽《ひ》きますね」

いそいそと豆を取り出す久宝さんに断って、私は冷蔵庫の中身を確認する。

冷蔵庫の中は、独身男性の冷蔵庫とは思えないくらい、料理の入ったタッパーがたくさん並んでいた。それぞれに貼られたシールには日付と料理名が記されていて、通いの家政婦さんが用意してくれたものだと分かる。

――すごい、こんなにたくさん……

「すごいですね。これ、全部家政婦さんが作ってくれたものですか？」

「ええ。週末は佐々木さんがお休みなのでね。金曜日に日曜日の分まで用意しておいてくれるんですよ」

「そうなんですね。でもこうしておくと、自由な時間に食事ができていいですね。私も平日はお弁当を持っていくので、休みの日にまとめておかずを作って保存を……って、ああ!!　しまった、そのことを忘れてた」

急に大きな声を出した私を、久宝さんが驚いた顔で見る。

「え？　何をです？」

「す、すみません。それが……私、週末にいつもお弁当のおかずを作って冷蔵庫や冷凍庫で保存しておくんです。そのことをすっかり忘れておりまして……あの、近くにスーパーなどはありますか？　食材を買いに行きたいのですが」

　事情を説明すると、ようやく理解したと久宝さんが頷く。

「そういうことでしたか。スーパーならここから徒歩五分くらいの場所にありますよ。後で一緒に買い出しに行きましょう」

　さらっと一緒に、と言われて、慌てて手を振った。

「いいえ、場所を教えていただければ、私一人で大丈夫です。ちょっとおかずの材料を買うだけなので」

「宗守さん。ダメですよ。あなたがここにいる理由を分かってらっしゃいますか？」

　窘《たしな》められて、自分の状況を思い出す。

　——ウッ……そうだった……今の私は、この人とお試し結婚生活中なのだった。

「そうでした、ね……」

　気まずくて体を縮めていると、久宝さんがクスクスと笑い出す。

「コーヒーが入りましたので、ソファーへどうぞ」

　ものすごくいい香りがしてきて、途端に意識はそちらに向かう。コーヒーカップを手にした久宝さんに誘われるまま、ソファーに腰を下ろす。レザーの柔らかさにびっくりしながら、久宝さんからカップを受け取った。

「いただきます」

久宝さんが見守る中、コーヒーを一口飲んだ。

ほんの少しの酸味と深いコク。これは間違いなく、美味《おい》しいコーヒーだ。

無意識のうちにホウッと一息ついている自分がいた。

「……美味《おい》しいですね」

「そうでしょう？　機械がいい仕事をしました」

自分の手柄にしない久宝さんの言葉に、今度は私がクスッとしてしまった。

決して相容れないし、信用ならない策士だけど、不思議と一緒にいて嫌じゃない。

久宝さんとは、こんな出会い方じゃなければ、友達くらいにはなれたかもしれないな……

そんなことを思いながら、コーヒーを飲んで一息つく。

すると、久宝さんがそうだ、と思い出したように声を上げた。

「これから一緒に暮らしていく上での、ルールを決めたいと思っていたんです」

腰に手を当てて小首を傾げる久宝さんは、すごくいい笑顔。

「ルール……ですか？　どういったものでしょう」

一体何を言われるのだろうと、警戒しながら彼を見上げる。

「さすがに完全に夫婦のように生活をしろ、とは言いません。ですが、一応結婚生活のシミュレーションですので、ある程度は一緒に過ごしていただく必要があると思っています」

「ある程度一緒にって、どの程度でしょうか……」

「そうですね、私は帰宅時間がまちまちなので必ずとは言えませんが、できるだけ食事は一緒に取る、休日は一緒に過ごす、夜は同じベッドで寝る。この三つは外せないと思っています」

食事は分かる。休日もまあ……仕方ない。でも、最後の一つは聞き間違いかと思った。

「夜は同じベッド？　同じベッドで寝るって仰《おっしゃ》いました……？」

「はい。同じベッドで寝てください」

顔は申し訳なさそう。でも、これだけは譲れないという強い口調で断言する。

これには黙っていられない。

「ええ!!　無理ですよそんなの!!」

思いっきり拒否したら、久宝さんが苦笑する。

「そういう反応をされるだろうとは思っていましたけど、案の定でしたね」

「当たり前じゃないですか。いくらお試しで結婚生活をするといっても、お付き合いすらしていない男女が一つのベッドで一緒に寝るなんて、あり得ません！」

鼻息を荒くしてお断りすると、久宝さんが苦笑しながら腕を組む。

「あり得ない……ですか。だからこそ経験していただきたいのですが。それに寝室を一緒にしないと、ただの同居と変わらないじゃないですか。今回のこれは、あくまで結婚生活をシミュレートしたものなのですよ？」

「そんなこと言われても……絶対私、久宝さんの隣でなんか、安眠できません」

睡眠は大事だ。毎日ある程度まとまった睡眠時間がないと、寝不足で倒れてしまう。

やっぱり無理です、と続けようとしたら、何故か神妙な顔をした久宝さんが近づいてくる。

「ベッドで一緒に寝られるかどうかは、私にとっても大事な判断材料なんですよ？　それが分からないままでは、この生活を終えることはできませんねえ……」

「そんな！」

「じゃあ、約束、してくださいますか？」

久宝さんがじりじりと私に迫る。

――えええ!!　一緒に寝るなんて無理だよ……!!　でも、それをやらなきゃこの生活は終わらないっていうの!?　そんなの、断れないじゃない……!!

無言のまま久宝さんと見つめ合う。

「どうします？」

「……拒否権は、ありますか……？」

ダメ元で質問すると、久宝さんが「うーん」と腕を組み、考え込む。

「考えてあげなくもないですが……そうですね、ではせめて一週間試してみませんか？　それでもダメなら、拒否権を考えましょう。いかがです？」

――一週間も一緒に寝なければいけない……それってどんな拷問ですか……!!

思わず空中を見つめてしまう。

でも、私のために部屋の用意をしてくれて、ハウスクリーニングまでしてもらったことを考えると、頭ごなしに拒否できない。一週間我慢して、それでもダメなら、久宝さんだって無理強《じ》いはしないだろう。

今の私には、それしか道はなかった。

「……分かり、ました……」

がっくり項垂《うなだ》れながら承諾すると、目の前にいる久宝さんがにんまり笑う。

「よし。では……はい」

久宝さんが私に向かって手を差し伸べる。何を求められているのか分からなくて、無言のまま彼を見上げた。

「握手ですよ。これからどうぞよろしくお願いします、という挨拶《あいさつ》と親しみを込めて」

——挨拶《あいさつ》か……それなら、まあ……

差し伸べられた手におずおずと自分の手を重ねる。が、重なった瞬間強く腕を引かれて、彼の胸に飛び込む格好になってしまった。

「え、あっ……!!」

ドン！　とぶつかった胸板はとても硬く、相手が男性なのだと改めて思い知らされる。同時に車の中で嗅いだ彼の匂いが鼻先を掠め、どういうわけか顔が熱くなってきた。

——……っ、ちょっ……

彼の胸に飛び込み、密着すること数秒。我に返った私は慌てて彼から離れた。

「なっ、何するんですか⁉　いきなりっ……」

「どうですか？　私に触れた率直な感想は」

「感想？　それは……特に……何も」

素直な気持ちを伝えると、久宝さんの顔が分かりやすく緩んだ。

「そうですか。それを聞いて安心しました」

「ですから……なんなんです？」

「握手から一歩進んだ挨拶《あいさつ》を同時にできたらいいなと思いまして。それに、私に触れられるのがどうしても無理なら、別の方法を考えるつもりでいたのですが、問題なさそうなので寝室の件は大丈夫そうですね。一日も早く結果を出したいのなら、どうかご理解ください」

「うっ……」

そう言われてしまうと、反論できない。

——くっ、ここは受け入れるしかないのか……でも、その分早くこの生活が終わるなら……

これ以上久宝さんと言い争っても口じゃ勝てる気がしない。

「分かりました。けど！　ベッドの中で、へ……変なことしないでくださいよ⁉　本当に、ただ一緒に寝るだけで、それ以上のことは……」

「もちろんです。これで手を出したら間違いなくあなたの信頼を失ってしまいますからね。全力で自制します」

クスクス笑う久宝さんを見つめたまま、その場に立ち尽くす。

信頼も何も、私の胸にはこの先の不安しかない。

――絶対、お試し結婚生活なんていう非常識なことは早く終わらせて、この家を出る。

改めて、そう決意を固めた。

「では、寝室にご案内します。こちらへ」

「はい……」

肩を落としたまま久宝さんの後に続く。寝室は私が使用する部屋の隣らしい。その向こう側の部屋が久宝さんの書斎。つまり、それぞれの部屋の中間に寝室があるということになる。

「ベッドですが、これまで私が使用していたものは二人で寝るには小さかったので、この機会に新調しました」

「か、買ったんですか！　わざわざ⁉」

「ええ。まあ、いずれ買い換えようと思っていたので、大したことではありません」

久宝さんはすらすらと説明しながら寝室に入っていく。私もそれに続こうとして、ふと足が止まった。

――そうだ相手は紳士の仮面を被った策士。隙を見せたら、更に私にとって不利な状況に追い込まれるかもしれない……‼

「宗守さん？」

久宝さんが寝室に入ってこない私を呼ぶ。

「あ、いえ。なんでもありません。失礼します」

軽く頭を下げて寝室に入る。広々とした空間の真ん中にある大きなロータイプのベッドはきっちりベッドメイク済み。二つ並んで置かれた白い枕に、ちょっと引いた。

——ここで……私は久宝さんと一緒に寝るの……？　本当に……？

いまだ現実が受け入れられず、ベッドを前に呆然としてしまう。

「あなたと寝ることを想定して、目一杯大きなベッドにしてみました。枕はホテルなどで使用されている一般的なものにしましたが、もし好みの枕があればご用意しますよ。低反発でも、そば殻でも……」

なんだかどこまでも話が続きそうな気がして、反射的に遮《さえぎ》った。

「大丈夫です。特にこだわりはありませんし、どんな枕でも寝られます」

「そうですか、それは素晴らしい」

枕はなんだって平気だけど、隣に人がいて眠れるかは……正直分からない。

そんな不安を抱きつつ、寝室の窓に歩み寄り、外の景色を眺める。

この家の庭が広いので当たり前なのだが、目に見える範囲はほぼ木。でも、どの木も綺麗な葉を繁らせていて、日の光が透けてグリーンをより鮮やかにしている。この景色は悪くない。

――綺麗だな……ここで起きると、毎朝こういう光景が見られるのか……

「お気に召しました？」

気がつけば、いつの間にか隣に久宝さんが立っていた。

「……はい、素敵なお庭ですね……」

「ここは元々祖父母が住んでいた家なんです。家は一度建て替えましたが、植栽は全て祖父母の好みでかなり昔に植えられたものなんですよ」

「へえ……そうだったんですか。あ、じゃあもしかして久宝さんが使っていたベッドはその頃からの……？」

「ええ。祖父が使用していたものでしたが、だいぶ古かったので。あ、ちなみに祖父母はまだ健在ですよ。高齢とは思えないくらいパワフルなので、今も現役で働いています」

久宝さんのおじい様は、確か取引先である日本有数の自動車部品会社の創業者だったはず。かなりのご高齢だと思うが、今もお仕事をされているなんて素晴らしい。

「お元気なのは、いいことですね」

自然とこんな言葉が口から出てきた。

私の母方の祖父母はもうだいぶ高齢で、今は完全にリタイア生活。日課は犬の散歩と、友人達とマレットゴルフをすることだという。母方の祖父母にはいつまでも元気で長生きしてほしいと思っている。

久宝さんもそれに同意するように静かに頷く。

「そうですね。私は祖父をとても尊敬しているので、祖父にはいつまでも元気で、頑張ってもらいたいと思っているんですよ」

――ふうん……久宝さんって、おじいちゃん子なのか……

祖父思いの優しい孫の顔をする久宝さんに、ほっこりしかけてハッとする。

――ダメダメダメ、私ったらうっかりほだされそうになって……これだってもしかしたら、彼の作戦かもしれないのに……!!

緩みかけた警戒心を改めて意識する。それにしても、こんなちょっとしたことですぐ気を許しそうになるなんて、私はこの先大丈夫だろうか。

我ながら、先が思いやられてしまった。


それから私達は、散歩がてら食材を買いにスーパーまで出かけることになった。ついでに通勤の際の駅を教えてもらうため、まずは最寄り駅へ向かうことになった。

アウターを羽織り、久宝さんと一緒に敷地の広い久宝邸を出る。

「ここから一番近い駅はこっちです。その途中にちょっとした商店街もありますから、必要なものは大体そこで揃えることができますよ」

久宝さんに案内されるまま、幹線道路沿いの歩道を歩く。

――この辺は大きな家ばっかりだなあ……

久宝さんの家ほどではないが、お隣や道路の向かいにある家もかなり立派だった。

初めて来た場所ということもあり、周囲の様子につい目を奪われキョロキョロしてしまう。

「あの……この辺りは大きなお宅ばかりですね……」

「ええ。この辺は昔御屋敷町だったみたいですね。うちを含め、先祖代々この町に住んでいる方が多いようです」

「へえ……そうなんですか」

きっとどの家も由緒正しい家だったりするんだろうな……

「ええ。ですのでこの辺りには祖父の友人が多く住んでいて、私の子供の頃を知る方の中には、会う度に声をかけてくれる方もいますよ……ところで宗守さん」

「はい」

「生活するにあたり、もう少し細かく約束事を設《もう》けませんか」

「約束事……？　さっきのルールとは別で、ということですか？」

「さっきのルールの補足みたいなものです」

「ええと……な、内容によるかと……」

戸惑いながら久宝さんを見る。

「お試し期間中は、私のことを極力本当の夫だと思ってください。私もあなたのことを本当の妻だと思って接します」

「……っ、完全に夫婦のように生活しろとは言わないって……」

「もちろんです。これはあくまでそういうつもりを意識して、ということですよ」

「……わ、分かりました……」

釈然《しゃくぜん》としないながらも、とりあえずは頷く。

「次に家事についてなのですが、平日は佐々木さんがいるのでさほどありません。ですが、土日と祝日は佐々木さんがお休みなので、私達で分担して家事をしませんか」

てっきり土日や祝日はよろしくお願いします、やってくださいと言われるのだと思った。

驚きのあまり、私は目をパチパチさせる。

「分担……ですか？　久宝さんはそれでいいのですか？」

尋ねると、久宝さんがもちろん、と深く頷く。

「当たり前じゃないですか。こう見えて、休日の半分を家の掃除に充てているくらいの掃除好きですから」

掃除好きだなんて、意外だ。

——掃除が好きな男性って、母の相手にはいなかったなあ。

これまで私が接してきた母の再婚相手は、家事をほぼ母に任せていた。休日に掃除をしてくれた人は一人もいなかったのではないか。

「じゃあ、お掃除をお任せしてもいいですか？　それ以外のことは私がやりますので」

私が掃除をしてもいいのだが、あんな立派な家だと置いてある物や家具がとんでもない値打ち物の可能性がある。できることなら、あまり触りたくない。

「承知しました」

「それと、寝るまでの時間なのですが、時間が合えばなるべく二人一緒に過ごしましょう。一緒に住んでいても、別々の部屋で過ごしていたのではお互いのことをいつになっても知ることができませんので」

「……分かりました」

「そう言っていただけて、安心しました。では、今日からよろしくお願いしますね。で、それとは別に、宗守さん」

「はい」

なんの気なしに返事をすると、何故か久宝さんが困ったような顔をする。

「どうして、そんなところにいるのですか」

「……え、どうしてって……？」

久宝さんは解《げ》せないという顔をしている。おそらく、私が彼の横ではなく、真後ろを歩いているからだろう。今までずっと、彼は後ろにいる私に向けて喋《しゃべ》っていたのだ。

「ほら、横並びで歩くのは他の歩行者の邪魔になるかなって……」

「今は歩行者なんかいないじゃないですか。それにこの歩道は二人並んで歩いてもだいぶ余裕がありますよ。そんな心配は無用です」

「いや、でも……」

「先ほどのルールを忘れたわけではありませんよね？　仲の良い夫婦なら、こんな風に離れて歩いたりはしないと思いますけど」

もっともなことを言われてしまい、返事に困る。

久宝さんが自分の左隣を指で示す。それを黙って見ていた私は、小さくため息を漏らす。

「……分かりました」

少し歩みを速め、彼の隣に並ぶ。すると久宝さんはようやく満足したように微笑み、再び歩き出した。

「ほら、並んで歩く方がいいと思いませんか？　それにこの方が新婚夫婦っぽいですよ」

「そうですか……？　私にはよく分からないんですが……」

「まあ、後ろから付いてこられるのも悪くはないですけどね。でも、やはり好きな方には隣にいてほしいです」

「……好きな方？」

さらりと彼が言ったことに、思わず反応してしまった。

「ええ。好きな方ですよ。私、宗守さんのことが結婚したいほど好きなので」

久宝さんはなんの躊躇《ためら》いもなくそう言うけれど、出会ったばかりの私を本気で好きとは思えない。

――惚れっぽい母は、よく一度会っただけの人を好きになったと言っていた。でも、結局全てダメになっている。それを考えると、彼の言葉を信用なんかできない……

私が視線を落として考え込んでいると、隣の久宝さんが口を開く。

「そこの信号を左折します。その先に、女性に人気のパティスリーがあるんですよ」

久宝さんが歩きながらこの辺りの情報を教えてくれる。

「……宗守さん聞いてます？　ここがそのパティスリーなんですが」

久宝さんが私の前ににゅっと指を突き出す。それに驚いて顔を上げた。慌てて左側を見ると、綺麗に磨かれた窓から店の中の様子が見える。

「あ……わあ、可愛い！」

ショーケースに並んでいるのは、色とりどりのケーキや、マカロンなどの焼き菓子。

――美味《お》しそう……でも、待て。お試し結婚中という状況ではあるが、私のお財布事情は変わらないのだ。我慢我慢……

これまで貯金命で生きてきた私は、ケーキを食べるのは自分の誕生日のみと決めている。

「よかったら帰りに買っていきますか？」

よっぽど私が食べたそうな顔をしていたのか、久宝さんが気を利かせてくれる。しかし、それに乗っかるわけにはいかない。

何故ならば、このような高級住宅街にあるパティスリーのケーキは、庶民が気軽に手を出せるような金額ではないはずだからだ。

「いえ、大丈夫です。お気遣いありがとうございます」

久宝さんに気を遣わせないよう、毅然《きぜん》と返事をすると、彼もそれ以上は何も言わなかった。

パティスリーを通り過ぎ、更に進んでいくと徐々に人通りが増えてきた。

「そこが駅です。で、駅のすぐ側にスーパーがあります」

彼に言われた方へ目を向けると、駅の表示の隣にスーパーの看板があった。しかしそこは、高級志向な品揃えで有名なスーパーだった。

——ここかあ……できれば、もっと安いところがいいな……

なんせこれまではネットのチラシを見て買い物をしていたのだし、スーパーごとの特売日も必ずチェックしていた。

「……久宝さんは、いつもこちらで買い物されてるんですか？」

何気なく尋ねると、意外なことに久宝さんから返ってきたのは「いえ」という言葉だった。

「私はあまりスーパーには行きません。食事に関しては、基本佐々木さんにお任せしているもので。その佐々木さんも、買い物はここではなく、別のスーパーを利用しているようですよ」

「えっ!?　この辺りに、他にもスーパーがあるんですか？」

私がスーパーの話に食いついたので、久宝さんが不思議そうな顔をする。

「ええ。この駅ではなく、反対方向にある駅のすぐ近くに全国チェーンのスーパーがあります。佐々木さんはそこがお気に入りだと言っていました」

庶民的なスーパーがあると聞いて、私は思いきり安堵した。

「そうですか、よかった……!! ここ、すっごくお高いスーパーなので、私にはちょっと使いづらくて……でも、別のところもあると聞いて安心しました」

胸を撫で下ろす私を見て、久宝さんが口元を緩める。

「なるほど……私はそういったことに疎《うと》いのでスーパーはみんな同じと思っていたのですが、店によって違いがあるのですね？ でしたら佐々木さんに聞けばいろいろ教えてくれますよ。彼女は、かなりやり手の家政婦さんですから」

「やり手……」

「ええ。冷蔵庫にある食材を無駄なく使って作る惣菜が絶品だと、わざわざ佐々木さんを指名する依頼人が後を絶たないそうなので。うちは長年お世話になっている関係で、継続して来てもらえますが、本来は彼女に仕事を依頼するのは狭き門なのだそうです」

——なんと……!! 冷蔵庫の中身を見た時に、すごくできる人だとは思っていたけど、そこまでとは……!!

俄然、佐々木さんに会ってみたくなった。

「そんなに素晴らしい方なんですね。ぜひ佐々木さんから、いろいろ教えていただきたいです」

「はは。あ、でも平日じゃないと佐々木さんには会えないんですよ。彼女の勤務時間は平日の十時から四時間だけなので」

「なるほど……では平日にお休みを取れば佐々木さんに会えるのですね……？」

アパートに戻れば節約生活が待っている身としては、ぜひとも教えを乞《こ》いたいところだ。

今回の生活にも、自分にとって有益なことがあるのかもしれない……そう思うと、気持ちが楽になった。

「さっきと顔付きが全然違いますね、宗守さん」

私の顔を見た久宝さんにクスクス笑われてしまい、そんなに表情が違うものかと少々困惑してしまったのだった。


念のため駅の構造をしっかりチェックしてから、今度は別の道を通って帰路につく。

駅前には、高級スーパーの他にドラッグストアもあり、かなりリーズナブルらしいので日用品などはそっちで買うのがよさそうだ。

和菓子の美味《おい》しい老舗《しにせ》のお菓子屋さんに、落ち着いた雰囲気が人気のカフェ、それと道路から奥まった場所にある隠れ家フレンチなど、久宝さんが知っている情報をいろいろと教えてくれる。

「……と、まあ私が知るのはこれくらいです。本当はもっといろいろあるんでしょうけど、あまり一人でカフェに行ったり、食事をしたりすることがないもので」

「ないんですか……？　あ、まあ、そうか……会社のお付き合いで食事されることが多そうですもんね」

「まあ……だから、会食の予定が入っていない時は、なるべく自宅で食事をしたいんです。佐々木さんの作るものが美味《おい》しい、というのもありますが、外で一人で食事をするのがあまり好きではなくて」

――へえ……そうなんだ……そんな風に見えなかったけど。

「もしかして一人で食事をするのが寂しい……とか？」

「そうではないんです。なんといいますか、一人で食事をしていると周囲の視線をいつも以上に感じるといいますか……どうも視線を集めてしまうみたいでして」

「ああ……久宝さん、目立ちそうですもんね」

スタイルがよくて、これだけ目を引くイケメンが一人で食事なんかしてたら、目立ってしょうがないはずだ。積極的な女性なら、これ幸いと声をかけてくるかもしれない。

特に疑問を抱くことなく頷いたら、何故か久宝さんが何か言いたそうに私を見下ろしてきた。

「何故そんなにすんなり納得してるんです」

「え？　だって、久宝さんのビジュアルなら当然だと思いますよ。それに女性に注目されることは、いいことなのでは？」

「よくないです」

久宝さんが無表情でぼそりと呟く。

「好きな女性から見つめられるのはまだしも、そうでない女性に見られるのは苦痛でしかない」

「そ、そういうものですか……？」

誰もが羨《うらや》むような容姿をしていても、いいことばかりじゃないのかもしれない。

きっと、久宝さんには、私には分からないような苦労があるのだろうな。

再び久宝家に戻り、少しだけ自分の部屋で休息を取ると、久宝さんが早いけど夕食を食べに行こうと誘ってくれた。

そして連れてこられたのは、お洒落《しゃれ》な外観の和風建築なお寿司屋さん。どう考えても回っていないやつだ。

「……こっ、ここ……ですか？」

あまりにも高級そうなお店に、入る前から怯《ひる》んでしまう。

「ええ。祖父の代から家族でお世話になってる店です。今夜はお試し生活開始のお祝いなので、私にご馳走させてください」

ビクビクする私に、久宝さんは笑顔で店に入るよう促《うなが》してくる。

久宝さんが引き戸をカラカラと開け、その後に続いて店内に入った。まず目に飛び込んできたのは、木の香りが漂《ただよ》う清潔感のあるカウンター。お客さんは私達が最初のようだ。

「こんばんは」

久宝さんが勝手知ったるといった感じで、カウンターの中の人に声をかける。

「いらっしゃいませ！　いつもありがとうございます！　さ、どうぞ」

笑顔のスタッフに案内され、カウンターに腰を下ろすと、おしぼりやお茶が目の前に置かれた。

――あ、そうか……こういうお店って、メニューがないのね……

勝手が分からずじっとしているうちに、私の前に次々とお造りやアラ汁が並び始める。

「今日は朝からバタバタしていたから、お腹が空《す》いたでしょう？　さあどうぞ」

「……い……いただきます……！」

恐る恐る箸《はし》を手に取り、アラ汁をいただく。磯の香りがふわりと鼻孔をくすぐり、出汁《だし》のしっかりしたコクのある味わい。

――何これ、すっごく美味《おい》しい……!!

お椀を両手に持ったまま感動する。こんなに美味《おい》しいアラ汁を食べるのは初めてだ。

そうこうするうちに、私と久宝さんの前に握りが置かれる。トロ、ハマチ、サーモンにコハダ。

私はめったにお寿司を食べないので、その食欲をそそるビジュアルにゴクンと喉《のど》が鳴った。

「うわあ……美味《おい》しそうですね」

「どうぞ、召し上がってください」

「はい、いただきます」

お店の方に、直接手でどうぞと言われて、その通りにお寿司を口に運ぶ。

ネタの新鮮さと味わいはもちろん最高。シャリも口に入れた途端にほろりと崩れて、ネタとの一体感がすごい。

アラ汁に続き、こんな美味《おい》しいお寿司を食べたのも初めてかもしれない。

「すっ……ごく美味《おい》しいです!!」

「でしょう。ここのお寿司は絶品なんですよ。ああ、そうだ。あなたにもう一つお願いしたいことがありました。これからはお互いを名前で呼びましょう。夫婦なのに名字で呼び合うのは、やはり不自然ですので」

「それは、確かにそうですが、お試しなのにそこまでする必要がありますか……?」

確かに本当の夫婦が名字で呼び合ってたら不自然かもしれないが、私達のこれはあくまでお試しだ。さすがにやりすぎではないだろうか。

しかし難色を示す私に構わず、久宝さんは淡々と話し続ける。

「私のことは公章と。さん付けせず、呼び捨てで構いません」

「……えっ⁉　いくらなんでも呼び捨ては無理ですよ!!　せめてさん付けさせてください」

慌てて訂正を要求すると、何故か久宝さんがにっこりする。

「では、それでお願いします。私は沙霧と呼ばせてもらいますね」

まるで言質《げんち》を取った、と言わんばかりの微笑みに、私は呆気にとられる。

「……えっ⁉　ちょ、ちょっと……そもそも私、その話了承してませんけど！」

抗議する私に、久宝さんは「ははは」と声を上げて笑い出す。

「私からの話は以上になります。さ、ここからはお寿司を堪能しましょう」

彼は正面を向き、お寿司をひょいと口に運ぶ。

「ええ⁉　ま、待ってくださいよ。なんで勝手に話を終わらせちゃうんですか⁉　私は……っ」

身を乗り出して久宝さんに物申す。しかし、ちょうどそのタイミングで店に入ってきた別のお客様がカウンターに座ってしまい、これ以上言える雰囲気ではなくなってしまう。

——くっ……この策士が〜〜〜〜！

「この握り、とても美味《おい》しいよ。早く食べてごらん」

笑顔で勧められて、私はチラリと彼の顔を見てからお寿司に手を伸ばした。

「……いただきます……」

口に入れたお寿司は、なんとも言えない極上の美味《おい》しさだ。

——美味《おい》しい……けど、やっぱりこの人、信用できない……

もぐもぐと咀嚼《そしゃく》しながら、私は隣に座って涼しい顔でお寿司を食べている策士に、恨めしい視線を送るのだった。


食事を終えた私達が家に戻ったのは夜の九時過ぎだった。

結局言いくるめられた感は拭えないが、美味《おい》しくて思いのほか幸せな時間を過ごせたことで、私は胃だけでなく気持ちもすっかり満たされていた。

このまま寝たら、きっといい夢が見られそうな気がする。

「沙霧」

バッグを部屋に置き一階のリビングに戻ってきた私に、公章さんが声をかけてくる。というか、初めて名前を呼ばれたので、心臓が飛び出そうなくらいドキッとした。

「はいっ、なっ……なんでしょう……っ」

「お風呂、先にどうぞ。音が鳴ったらお湯張り終了です」

「あっ、お風呂ね!!　お風呂……承知しました」

今一階に下りてきたばかりだけれど、私はクルッと方向転換して再びリビング階段を上《のぼ》る。

入浴に必要な物を取りに戻っただけだが、なんでだろう。さっきから要らぬことばかり考えてしまう。

――い、一緒に入ろうとかじゃなくてよかった……それはいくらなんでも考えすぎか。

私は胸を撫で下ろしながら、自分の部屋に早歩きで戻った。

この家のお風呂は、はっきり言って私がこれまで住んだどの家の風呂よりも広く、浴槽も大きかった。カランもシャワーも輝きを放って見える。

行ったことはないけど、きっと高級ホテルの浴室ってこんな感じなんだろうな。

そんなことを思いながら、脱衣所で服を脱ぎ、指紋一つないガラスのドアを開けて浴室に入った。

鏡とカランは湯垢《ゆあか》汚れ一つない。床に置かれた透明なアクリル素材の椅子と洗面器も、新品と言われても信じられるほどぴかぴかだ。

——これ、公章さんが掃除してるのかな……それとも佐々木さん？

誰がやっているにしてもすごい。もちろん私も自分のアパートの掃除はマメにやっている方だけど、かなり広いこの浴室をここまで綺麗に保つのは相当大変なはずだ。

髪と体を洗い終え、感心しながら湯船に浸《つ》かる。湯船は私が足をいっぱいに伸ばしてもまだ余裕があるくらい広い。きっと背の高い公章さんに合わせているのだろう。

——こんなところで生活できるなんて、この状況でなければ夢のようなんだけど……

まだお試し結婚生活は始まったばかり。しかも本当の試練はこの後にやってくる。

「あの人と同じベッドで寝るのか……」

考えただけで、心臓がどくんどくんと力強く脈打ち出す。でも、私が嫌がることはしないと約束してくれたし、公章さんを信じるしかない。

——って、あの人、まったく信用できない策士じゃん……

いや、でも、あれだけ大きなベッドなら、端に寄れば身体が触れることはないはずだ。

——そう、だよね……普通にしていればいいんだよね。平常心、平常心……!!

ぷかあ、と湯船に体を浮かべながら約三十分。

覚悟を決めて、浴室を出る。あまり体の線が出ないルームウエアに着替えて、背中の真ん中くらいまである髪は軽く纏《まと》めてクリップで留めた。スッピンだけど、元々ナチュラルメイクなのでそこまで印象は変わらないはず。一応、鏡を確認してからリビングに向かった。

「お風呂、先にいただきました」

ソファーに座っていた公章さんに声をかけると、彼は私と入れ替わりで浴室に入っていった。

しばらくして、私が入った後のお湯に彼が入ることに気づいて、愕然《がくぜん》とする。なんだか分からないけど、とても居たたまれなくなった。

「ヤバい。めちゃくちゃ恥ずかしい‼」

慌てて浴室に入っていった公章さんを追いかけて、洗面所に続くドアを開けた。

「あの！　もし気になるようでしたらお湯を張り替えてくだ……」

勢いのままそこまで言いかけて、私は石のように固まった。何故なら、目の前にいる公章さんの上半身はすでに何も身につけていなかったから。

「え？　お湯が何？」

半裸のまま振り返った公章さんと目が合って、あからさまに目を逸らしてしまった。

——マズい。今のは超不自然だった‼

「いえっ、なんでもありません‼　し、失礼しました」

「え？　まっ……」

背後から困惑しているような公章さんの声が聞こえる。私は構わず、洗面所を飛び出し、後ろ手にドアを閉めた。

「……びっ……びっくり……した……」

至近距離で男性の半裸を見たのは何年ぶりだろう。何度目かに母と結婚した義父が、いつも風呂上がりは半裸で部屋の中をうろついていたから、それ以来かも。

でも、公章さんの体はその時見た義父の裸とはまるで違った。後ろから見ると逆三角形で、たるみなどまったくない、引き締まった体だった。まさか、服の下にあんな体が隠れていたなんて。

衝撃を受けた私は、そのままふらふらとリビングに戻った。しかしこの動揺はなかなか治まってくれず、私は窓を開け夜風に当たり文字通りクールダウンする羽目になったのだった。

公章さんが入浴を終えてリビングに戻って来たのは、それから約二十分後。

その間に、どうにか頭が冷え、気持ちも落ち着いていたので、公章さんと普通に接することができた。

「お茶を飲んでたの？」

寝間着らしい濃いグレーのスウェットの上下に、まだ若干濡れている髪をタオルドライしながら、公章さんが私の手元に視線を向けてくる。

「はい。何がどこにあるかチェックしてたら、お茶っ葉を見つけたので。私はいつも、お風呂上がりにお茶を飲むので、勝手にいただいてしまいました。公章さんも飲まれますか？」

「沙霧が淹れてくれるの？」

「はい」

「じゃあ、お願いしようかな」

ソファーから立ち上がり、キッチンでまだほんのりと温かいヤカンを再びコンロに載せた。

「公章さんは普段コーヒーでしたっけ？　湯上がりもコーヒーですか？」

「いや。風呂上がりは水だね。コーヒーにしろお茶にしろ、風呂上がりにわざわざ何か淹れるってことがおっくうでね。でも沙霧が淹れてくれるお茶なら飲みたいな」

飲みたい、なんて言われると悪い気はしない。

いつも使っているマグカップを教えてもらい、そこにお茶を注《つ》いだ。

「どうぞ」

ずっと私の隣に立っていた公章さんにカップを渡すと、笑顔で受け取ってくれる。

「ありがとう。誰かにお茶を淹れてもらうって、いいもんだな」

「……家政婦の佐々木さんには、淹れてもらわないのですか」

「彼女とは普段あまり顔を合わせないのでね。この家で一人暮らしを始めてからは、いつも夜は一人だった。だから今、ここに君がいてくれるのがとても嬉しいんだ」

マグカップに口を付け、静かにお茶を啜《すす》る公章さんが、何故か私に妖艶《ようえん》な流し目を送ってくる。

それに気のせいだろうか。お風呂から上がった後の公章さんは、喋《しゃべ》り方が今までよりフランクになったような……

「あ、の……公章さん。なんか口調変わってませんか……？」

不思議に思って尋ねてみると、彼は「そうかなあ」ととぼけた。

「意図的にやっているわけじゃないんだけど、寝間着を着てる時まで敬語を使いたくないだけだったり？」

「なんで疑問形……？」

「細かいことは気にしない。じゃあ、これを飲んだら寝室に行こうか？」

「え、もう？」

今は夜の十時を過ぎたくらい。寝るにはまだ少々早いような気がするのだが。

「うん。慣れない環境で疲れただろう。だから今日は早く休んだ方がいい」

さっきまで普通にごくごく飲んでいたお茶を、ここへきて急にちびちび飲んでしまう。

「おや。急に静かになってしまったね。そんなに私と一緒に寝るのが不安かな？」

思いっきり当てられてしまい、ガクンと項垂《うなだ》れた。

「ふ……不安に決まってるじゃないですか！　会うのが今日で二回目の男性と一つ屋根の下で暮らし始めただけでも戸惑ってるのに、一緒のベッドで寝るなんて……!!　常識的に考えたら、あり得ないことだらけですよ？」

「ほう」

「それに、ここ十年ずっと一人だったから、寝る時に人がいるっていうのがもう、慣れなくて……」

思い切って心の内を暴露したら、多少は遠慮してくれるだろうか——と、考えていたのだが、甘かった。

何を思ったのか、公章さんはマグカップをテーブルに置くと、私の手からもカップを取り上げる。

「おいで」

「え、ちょ……」

彼に手を引かれ、リビング階段を上《のぼ》る。

「確かに慣れない環境に適応するのは、たやすいことじゃない。ならばやはり、少しでも数をこなして、慣れていくしかないね。私はそのための協力を惜しまないよ？」

公章さんはウンウンと一人で頷きながら、完全に的外《まとはず》れなことを口にする。

私の訴えは何一つ彼に届いていない。

それにはつい、口をパカーンと開けたまま固まってしまう。そして気がついたら、寝室に到着していた。

「あの……それは、どういう……」

「ん？　早く慣れるよう、一気に距離を詰めてみたらどうだろうと思ってね。さあ」

ベッド脇に立ち尽くす私の目の前には先にベッドに入り、大きな掛け布団を捲《めく》り私を誘う公章さんの姿がある。

「いやだから、さっき私が言ったことちゃんと聞いてました？　いきなりこんな至近距離で寝るとか、無理ですよ」

——さすがに、それは受け入れられない！

立ったまま抵抗する私を黙って眺めていた公章さんが、枕に頬杖をつく。

「沙霧、だからこそのお試し結婚だろう？　やる前から無理と決め付けては一緒にいる意味がない」

「そ、それは、そうかもしれませんけど……」

かといって、彼の隣に滑り込むのは何か違う気がする。

——私、またいいように誘導されてない？　これも、罠かもしれない。

警戒して動かずにいると、公章さんが先に動いた。何を思ったのか、彼はいきなりベッドに膝立ちになって、私の腕を掴んだ。

「へっ……や、あのっ、あっ!!」

戸惑っている間に、私は公章さんによって布団の中に引っ張り込まれてしまう。

「とりあえず隣においで」

そう言って、公章さんが私の頭の下に自分の腕を差し込む。これって、世間で言うところの腕枕というやつだろうか。

女の私とは明らかに違うゴツゴツと骨張った腕と、久しぶりに感じる人肌の温もり。加えて、なんと表現したらいいか分からないけど、あまり嗅いだことのないいい香りがする。

それら全てを意識してしまうと、平常心ではいられなかった。動悸はするし、顔が熱くて今にも火を噴きそうだ。

「……っ」

文句の一つも言ってやりたいけど、体が硬直して上手《うま》く言葉が出てこない。

——こんなこと、義理の父親にだってされたことないのに……!!　何もしないって言ってたのに、完全に騙《だま》された……

「私と一緒に寝るのは、そんなに嫌かな？　こんなに体を硬くして……これじゃあ安眠できそうにない？」

「安眠以前に、緊張で寝るどころの話じゃないですよ!!」

私は、公章さんの胸を手のひらで押して叫んだ。

頭の下には彼の腕があって、その手は私の頭を抱え込むようにして髪に触れている。体はかろうじて触れ合っていないけれど体温は感じるし、彼の綺麗な顔がすぐ近くにあった。

これで安眠など、どう考えても無理だ!!

「緊張、ねえ……分かったよ。まあ、初日だからね」

公章さんが腕枕をしていた腕を私の頭の下から引き抜き、枕に肘を立てて頬杖をつく。

「残念だけど、今夜はこれくらいで勘弁してあげる」

そう言った彼の顔は、実に楽しそう。全然残念そうに見えない。

「……あ、ありがとうございます」

お礼を言いつつ、すかさず公章さんから五十センチほど距離を取った。

――私がありがとうって言うのも、おかしな話だと思うけど……

ホッとしつつも、さすがに警戒を解くことができない。そんな私を安心させるべく、公章さんが「もうしないよ」と微笑みかけてくる。

「本音を言えばもっと近づきたいけどね。でも、君に嫌われたくないから我慢するよ」

公章さんはそう言って微笑むと、リモコンを使って部屋を暗くし、ベッド脇にある間接照明を点け、近くに置いてあった本を手に取った。

「私はいつも、眠気がくるまで本を読むんだ。沙霧は？　就寝前のルーティーンとかある？」

「ルーティーン……ですか」

思い当たることはいくつかある。スマホで動物の動画を見たり、音楽を聴いたりしているうちにいつの間にか眠っている、あれのことか。でも人がいるところで音が出るものを見たり聞いたりするのは、気が引ける。

「特にないので、大丈夫です。布団をかぶって目を瞑《つむ》っていれば、いつの間にか眠くなるので」

この人の隣でそれが可能かは分からないが。

「そうか。もしどうしても眠れなかったら遠慮なく声をかけてくれていいよ。子守歌でもなんでも歌ってあげるからね」

本気とも冗談とも取れる公章さんの言葉に、思いがけず「ふっ！」と笑い声を漏らしてしまった。

「本気で言ってます？　それ……」

「もちろん。まさか笑われるとは思わなかったな」

軽く口を尖らせる姿が面白い。つい、紳士の仮面をかぶった策士だということを忘れそうになる。

――なんか、変な人だな、公章さんは……

笑わせてもらったおかげで、少しだけ緊張がほぐれた。それでも、できるだけ公章さんから距離を取って、私は柔らかな羽毛布団を頭までかぶる。

「今日一日お疲れ様でした。おやすみ、良い夢を」

良い夢を、だなんてキザな台詞《せりふ》。と思ったらまた笑いそうになってしまった。でも、何故か本当にいい夢が見られそうな気がしてくるから不思議だ。

目を閉じると、パラパラと公章さんが本を捲《めく》る音が聞こえてくる。何を読んでいるのだろう、というか、ページを捲《めく》るペースが速すぎないか。

そんなことをぼんやりと思っているうちに、少しずつ眠気がやってくる。

――そうだ、昨晩はお試し結婚生活が不安すぎて、明け方まで寝つけなかったんだっけ……

男の人と同じベッドで寝ているというあり得ない状況なのに、眠くなる自分に驚いてしまう。

でもそれは、肌に触れる寝具の感触がとても心地いいことと、隣で本を捲《めく》る音以外は立てず静かにしている公章さんのおかげだろう。

——信用なんかまったくできない策士だし、今後のことには不安と心配しかない。それでも、不思議とこの人に嫌悪感はない。

「……おやすみなさい」

公章さんに聞こえるか聞こえないかの小さな声で呟く。だが、その数秒後——おやすみと、返事があった。

——ちゃんと聞こえてたんだ……

そんなことを思っていた私は、いつの間にか眠りに落ちていたのだった。

久宝邸での目覚めは、これまでの人生で最高と言えるくらい良いものだった。

——めちゃめちゃぐっすり寝られた……

どうしてそう思うのか。理由は分かっている。

——このベッドと羽毛布団、それと枕がすごくいい……

それに布団や枕を包んでいるリネンがこれまた肌触りが滅法良く、はっきりいって安眠できたのはこれら寝具のおかげといっても過言ではない。

これまで自分の布団が一番寝心地がいいと思い込んでいたけれど、その考えはいともあっさり覆《くつがえ》った。やはりいいものはいい。そのことを肌で感じた一晩だった。

——人と一緒に寝ることには抵抗があるけど、質の良い寝具に勝るものはない……

そう納得しつつ寝返りを打つと、昨夜のように枕に肘をついてこっちを見ている公章さんと目が合った。その瞬間、ビクッ!! と大きく体を揺らしてしまう。

「おっ……!! おはようございます……」

——起きてたの!?

「おはよう。よく眠れた?」

「はい、おかげ様で……」

「そう、よかった。想像していたより、ずっと寝付きが早くてびっくりしたよ」

その一言に、なんとなく居たたまれなくなる。

緊張するとか男性と一緒に寝るのは無理とか散々言っていたくせに、あっさり寝るってどうなの私。しかも朝まで熟睡とか……さすがに女としてどうなのだろう。

「す……すみません。あんなに緊張するとかいろいろ言ってたのに、さっさと寝てしまって……」

「とんでもない。これで私と一緒に寝ることに問題はないと証明されたわけだ。実に幸先《さいさき》がいいね」

それはそうかもしれないけど、早く私ではダメだと分かってもらいたい身としては複雑だ。

でも枕元にあるデジタル時計を見た瞬間、私はハッとなり飛び起きた。

「ああっ!? もうこんな時間!! 起きてお洗濯しないと!!」

「……え? 洗濯? 休日なんだ、もう少しベッドでのんびりしててもいいのに」

「ダメです！　私のルーティーンワークなので」

ベッドから飛び出した私は、後ろを振り返らず寝室を出て自分の部屋で身支度を調える。

そして公章さんがリビングにやって来た頃には、洗濯機のスイッチを入れ終え室内のモップ掛けを始めていた。

「掃除は私がやるのに……ありがとう。なんだか申し訳ないな」

「あっ、すみません……つい習慣で……日曜はいつもこんな感じなんです。これをやらないと落ち着かなくて……」

アパートにいる時はモップ掛けじゃなくて室内を水拭きしていたが、この家はそれをするには広すぎる。よって、気になる場所以外はまずモップでざっと掃除した。

しかし、家中どこを見ても汚れている場所はほぼないと言っていいくらいで。さすが、お掃除が好きだと言うだけのことはある。

「しかし……本当に広いなあ、この家」

掃除で家中を回ったことで、改めてここの広さを実感する。一階には広いリビングの他に、中庭を臨《のぞ》む和室、それと昔公章さんの祖父母が寝室として使用していた部屋と、ゲストルームがあった。

――こんなに広い家で一人きりなんて、寂しくないのかなあ……

私がもし公章さんの立場だったら、きっと寂しすぎて落ち着かない。むしろ狭いアパートの方がいいと思ってしまう。

そんなことを考えながら順調にモップがけをしていると、洗濯終了のアラーム音が聞こえた。急いで洗濯物をカゴに放り込み、二階のベランダへ向かう。ベランダは二階の廊下の突き当たりから入れるようになっていて、部屋に入らなくても行くことができる。広々としたベランダには、テーブルや椅子なんかも置いてあって、ここで食事もできそうだ。

——わあ、いいなあ……外でランチとか憧れる……

テーブルと椅子を横目で見つつ、アパートから持ってきた洗濯物用ハンガーを使い、自分の洗濯物を干した。一日ではそんなに洗う物はないので、あっという間に終わってしまった。そこでふと、公章さんは洗濯をどうするのだろうと疑問が湧く。

——一緒に洗っちゃえばよかったかなあ……その方が手間も半分だし……でも、公章さんが嫌だと言う可能性もあるから、確認してからにしよう。

そんなことを考えながら階段を下りていくと、キッチンで動き回る公章さんが見えた。

「公章さん？　キッチンで何をしているんですか？」

疑問に思いながら彼のもとに歩み寄ると、キッチンの作業台に二枚の白い皿が並んでいる。トースターも使っているようなので、もしかすると食事の準備をしてくれているのだろうか。

「見ての通りだよ。少し遅めの朝食の準備をね。沙霧、よく何も食べないで動けるね？」

冷蔵庫から取り出したタッパーの蓋《ふた》を開けながら、公章さんが不思議そうな顔をする。

「確かにお腹は空《す》きましたけど、日曜の午前中は洗濯と掃除をしないと気が済まないので……」

「随分家庭的なんだな、沙霧は」

「それよりもその料理は……家政婦の佐々木さんが作っておいてくれたものですか？」

「うん、そう。女性が好みそうなものをいくつか作ってもらっておいたんだ。沙霧の好みが分からなかったので」

にこにこしながら、公章さんが綺麗な箸《はし》使いでタッパーから料理を皿に盛っていく。タッパーの中身は、キャロットラペのようだ。

――レーズンやナッツが入ってて、美味《おい》しそう。

「あ、沙霧。パンの焼き具合をチェックしてくれる？」

冷蔵庫から別のタッパーを取り出しながら、公章さんが頼んでくる。

「はい」

私はすぐにトースターの前まで移動する。窓から焼け具合を覗くと、厚く切られたトーストはすでにこんがりと焼き上がっている。

「もういいと思います。出しますね」

トースターを開けた瞬間に香ばしいトーストの香りが鼻を掠めた。

「じゃあ、そのトーストを半分にカットしてこのプレートに載せてくれるかな」

「はい」

言われるまま食パンをカットして、公章さんが用意しておいてくれた白いプレートに載せる。

鮮やかなレタスとタマネギのサラダに大根やパプリカのピクルス。それと、キャロットラペに、たぶん公章さんが焼いてくれた目玉焼き。それらを一つの皿に載せ、ワンプレートの朝食兼昼食ができあがった。

一人暮らしになってからは、大抵日曜の昼食は昨日の夜の残り物などで適当に済ましていた。だから、こんな風にいろんな料理が少しずつ盛られたプレートに、バターがたっぷり染みたトーストという、まるでカフェで出てくるような食事は初めてだ。

四人掛けのダイニングテーブルに腰を下ろす。コーヒーを淹れてくれた公章さんが向かいの席についたタイミングで、手を合わせる。

「いただきます……すごい……日曜のお昼に、こんな素敵なご飯がいただけるなんて」

「素敵なのかな？　毎回こんな感じだからよく分からないのだけど……でも、佐々木さんが作ってくれる料理はどれも美味《おい》しいんだ。食べてみて」

勧められるまま、早速キャロットラペを口に運ぶ。ビネガーの酸味と、蜂蜜の甘みがいい感じに調和していて美味《おい》しい。ナッツやレーズンが、いいアクセントになっている。

「美味《おい》しいです！　これならいくらでも食べられちゃいそうです」

公章さんは料理に手を付けず、私の食べる様子を眺めていたが、私の反応を見てフッと頰を緩ませた。

「他のものも美味《おい》しいよ」

ようやくサラダを食べ始めた公章さんの手元に視線を送りつつ、バターの染みたトーストにかぶりついた。うん、表面はサクッ、中はバターがじゅわっとして、最高だ。

「これも美味《おい》しい……バターってたっぷり使うと本当に美味《おい》しいですよね……でも毎回これをやったら太りそう……」

美味《おい》しさと健康を天秤にかけて悶《もだ》えていると、目の前から冷静な声が聞こえてくる。

「今日の午後なんだけど、買い物に行こうと思うんだ。もちろん君も一緒に」

「……それは、構いませんけど。何を買うのですか」

何気なく尋ねたら、公章さんにじっと見つめられる。

「何って、君の物だよ。昨日君がスーツケースを開けた時にチラリと見えたが、まさか、持ってきた服はあれで全部とか言わないよね？」

「…………全部、ですけど」

何か問題でも、と返事をした。すると、公章さんが眉根を寄せる。

「いや……沙霧。いくらなんでもあれは少なすぎじゃないか。どう見積もっても三日分くらいしか入ってなかったぞ」

「確かに少ないかもしれませんが、上下の組み合わせ次第で、毎日違うコーディネートが可能なんですよ」

そう。確かに私は洋服をあまり買わないし、持っていない。でも、試行錯誤で毎日同じにならないよう気を遣っているつもりだ。

しかし私がきっぱり説明をしても、公章さんは納得しなかった。

「少ない服で上手にやりくりするのもいいことだけどね。でも、せっかく私と一緒にいるんだ。できれば沙霧には、私の選んだ服を着て隣を歩いてもらいたいんだが……どうだろう」

「公章さんが選んだ服を着る!? 私がですか？」

「もちろん」

「そ……それは……」

公章さんの目から逃れるように、視線を逸らして考え込む。

確かに私が普段着ている服は着回しが利くことを基準に考えて買っているので、色は地味で無地が多い。動きやすさを考えて、スカートではなくパンツを選んでしまうし。今だって、黒い長袖《ながそで》シャツとカーキのカーゴパンツだ。

――もしかして、私の持っている服はことごとく彼の好みではない、とか……？

客観的に自分の姿を見て、なんとなくそう思った。

もしかしてお試しとはいえ夫婦となる以上、彼の服装に合わせた方がいいということなのだろうか。近所の目もあるし……

――うーん、公章さんと並んでも遜色《そんしょく》ない服なんて……滅多に着ないスーツくらいしかない。しかも持ってきていない。

「あの。必要なものは、私、自分で買いますので結構です」

今回のためのハウスクリーニングや昨夜のお寿司などで、すでにかなり散財させているのに、これ以上お金を使わせるのはちょっと考えてしまう。それに、買い取りになった時も怖いし……と思いつつ、きっぱり断ると、公章さんは何故か苦笑いする。

「うーん、何か勘違いしているようだね？　私は別に、無理矢理君を私好みに変身させたいというわけじゃないんだよ。そうではなくて、妻である君を存分に甘やかしたいというか……言うなれば男のロマンのようなもの、かな？」

ロマン。公章さんの口からロマンだなんて単語が出てくるとは夢にも思わなかった。でも、私の主張は変わらないけれど。

「いやでも、お試しでそれは、必要ないかと」

再度お断りする。でも、公章さんは意外と頑固だった。

「これは完全に、夫として妻に尽くしたいという私の希望だ。だから妻である君が財布を出す必要はないよ。その代わり、今回は、私に付き合ってもらえないかな？」

「……今回だけですよ……」

何度かの攻防の末、私が渋々頷くと、公章さんが笑顔になる。

「では、食事を終えたら早速出かけよう」

一体どんな服を着ろと言われるのだろう。

かなりの不安を感じつつ、食事を終えた私達は買い物に出かけることになった。

公章さんの車で連れて来てもらったのは、老舗《しにせ》の百貨店だった。

話を聞くと、どうやら普段は外商で服を買っているらしく、こうしてフロアを見て回るのは久しぶりだそう。

「実を言うと、女性に服を買うのは初めてなんだ」

婦人服のフロアを歩き周囲を見回しながら、公章さんがぽつりと言う。

「……え？　そうなんですか？」

「うん。だから今、とても楽しいんだ。沙霧にどんな服を着てもらおうかな、とね」

フロアを忙《せわ》しなく眺める公章さんの目は、やけにキラキラして見える。

そんな彼に、少し引いた。

「さ、まずはここに入ろうか」

さりげなく手を引かれてショップに連れ込まれる。

「え、ここ？」

抵抗しようとしたけどもう遅い。店に足を踏み入れた瞬間に近づいてきたスタッフに声をかけられて、早速公章さんが「彼女に似合う服を見繕《みつくろ》ってほしい」とお願いしてしまった。

それからはもう、私の口を挟む隙などなかった。仕事の早いスタッフがあっという間に数着服を選び、それを持って試着室に放り込まれた。

なんだかよく分からないまま服を着替えては公章さんに見せる、を数回繰り返す。そして公章さんのお眼鏡に適った服は、止める間もなく購入された。

今度は公章さんの気に入ったコーデに着替えることになり、来た時とはまったく印象の違う私ができあがった。

ほとんど着ることがない花柄のワンピースと、それに合わせたバレエシューズ。その上に合わせるコートやアクセサリーまで全て公章さんが指定した。

「とてもよくお似合いです！　お客様!!」

完全に私よりテンションの高いスタッフさんが、試着室を出た私を拍手で迎えてくれる。

「あの……だ、大丈夫ですか、これ……」

おずおずと彼を窺う。彼は顎《あご》に手を当て、私を食い入るように見つめてくる。

「うん。いいね、とても可愛いよ、沙霧」

公章さんが満足げに頷き「これ全部ください」と店員さんに言った時、思わず「ひっ」と声が出てしまった。

そんな買い物の仕方をする人がいるなんて、とドン引きしている間に、彼はそれまでに選んでいた服と合わせて、さっさとお会計を済ませてしまった。

「ありがとうございました〜」

笑顔のスタッフに見送られながら、公章さんと私はそのショップを後にした。

あっという間の出来事に気持ちがついて行かない。ただ、公章さんの腕に大きな紙袋が二つ下がっているのを見て、胸がキュッと痛くなる。

——あれで一体幾らしたのだろう……考えたくない……

嬉々としている公章さんの隣で、げっそりする私。

「ああ、楽しかった！　さて次は……」

これだけでもう充分すぎるのに、まだ行くのか！

私は慌てて彼の気を逸らそうと声を上げた。

「あの……っ、疲れていませんか？　私はもう充分で……」

「え？　いや、全然。可愛くなる沙霧を見ていたら興奮してしまって。逆にあんなに楽しい時間を過ごさせてもらって、こっちがお礼を言いたいくらいだ。本当に見違えたよ」

にっこにっこと笑顔の公章さんはすでに別のショップへ向かおうとしている。

「この店もいいな。沙霧に似合いそうな服がたくさんある。よし、行こう」

「えっ!?　ちょっ、公章さ……」

再び店の中に連れ込まれ、まったく同じ流れでまた服を買ってもらった。そんなことを繰り返すこと数回。時間にして二時間ほどが経過した頃には、私達の腕は大量の紙袋でいっぱいになってしまったのだった。

休憩をしようと百貨店内にあるカフェに入ると、公章さんはコーヒーを、私はアイスティーを注文した。早速運ばれてきたコーヒーで喉《のど》を潤《うるお》した公章さんの表情は、とても満足げだ。

「いやあ、楽しいな！　こんなに服を買ったのは初めてだよ。たまにはいいものだね」

「私はさっきから胃が痛くてたまりません……」

楽しそうな公章さんに対し、私はさっきから緊張で口が渇いて喉《のど》がカラカラだ。

私くらいの女性をターゲットにしたアパレルショップに入る度に、数枚の洋服を購入する。しかも、公章さんはほとんど値札を見ていないらしく、レジで掲示された金額を見てこっちが悲鳴を上げたくなることが度々あった。

ここにきて、生まれ持った経済観念の違いがはっきりと露見したといっていいだろう。

ハア……とバレないようにため息をついたつもりが、ばっちり見られていた。

「どうしたの、ため息なんかついて。沙霧は楽しくなかった？」

「すみません……これはたぶん、私が貧乏性のせいです……楽しいと思う前に、金額を考えて怖くなるというか……」

「貧乏性？」

興味深そうに公章さんが身を乗り出す。

「あ、いやその……なんていうか、私、ずっと貯金くらいしか楽しみがなかったので……」

「なるほど。沙霧は倹約家なんだな？　では、これまで欲しいものがあった時などはどうしてたんだい？」

「……買ったつもりになって、その金額をそのまま貯金に回してました」

あまりにもせこくて、引かれるかもしれない。

正直に白状したものの、やっぱり言わなければよかったと後悔しかけた時。公章さんがため息とともに首を小さく横に振った。

「素晴らしいな」

「……へ？」

「いや、その倹約家ぶり。結婚相手として我が家の財布を預けるには最高じゃないか？　私は、ずっとそういった女性を探していたんだよ」

公章さんがしみじみと呟く。

はっきりいって想像していたのとは違う反応すぎて、ぽかんとする。

これにはさすがに口を挟まずにはいられない。

「いいえ、私のは倹約なんていう立派なものではなく、貯金くらいしか楽しみがなかったから、やたらめったら理由をつけて貯金していただけといいますか……」

褒《ほ》められたことに驚き、慌ててそんな大層なことじゃない、と訂正する。

「いいじゃないか。つまり君は、どんな欲求も自分の中で上手《うま》く昇華できるということだ。これは、やろうと思ってできることじゃない。やはり君は、私がこれまで見てきた女性とまったく違う」

そう言って公章さんは、私に熱い視線を送ってくる。

——そんな目で見ないでほしい。私はあなたが思うような人間ではないのです。

「いえ本当に私は……」

「そんなに謙遜《けんそん》しなくてもいいのに。でも、倹約家の沙霧からすれば、今日の私の行動は印象が悪かったのではないかな？　値札も見ずに買い物をするなんて、普段の君からすれば考えられないことだろうしね」

珍しく公章さんが自らの行動を省《かえり》みている。この人でもそんなことを思うんだ、と素直に驚いた。

「確かに私は、値札を見ないで買い物なんてしません。でも、それ自体が悪いとは思いませんよ。もちろんお金がないのに、むやみやたらと買い物をするのはダメだと思いますが、その人の経済状況に応じてする分には問題ないかと。それに、そうしないと経済が回りませんしね」

皆が皆、節約生活をしていたら世の中は大変なことになる。だから公章さんのようなお金持ちは、ちゃんとお金を使うべきなんだと思う。といってもそれは、彼や彼の家族のために使って欲しいという意味で、私に使って欲しいわけじゃないのだが。

思っていることを正直に話し、公章さんを見上げると、びっくりするくらい穏やかな表情で私を見下ろしていた。

「そうか……少々はしゃぎすぎて、沙霧に呆れられたんじゃないかと心配していたんだ。でも、君の考えを知ることができて良かったよ。やはり夫婦として一緒に生活をするなら、思っていることはどんどん口に出して相手に伝えるべきだね。だから、沙霧も気になることがあれば、遠慮なく話してほしい」

「気になること……ですか？」

「そう。なんだっていいよ。私に対する文句とか」

嬉しそうに笑っている公章さんを見ながら、ぼんやり思う。

——この人は、私がこれまで見てきた男性とは違う……

今まで母と結婚して私の義父になった男性達は、亭主関白タイプの人が多かった。だから、母や私への物言いが一方的で、ああしてくれこうしてくれと求められることが何度もあった。

その度、母が不満を抱いて文句を言うと、途端に相手が不機嫌になり、喧嘩に発展することがザラだった。それが原因で離婚になったこともある。

それなのに、公章さんはなんでも話してほしい、文句でもいいと言う。こんな人は初めてで、なんだか調子が狂ってしまう。

公章さんを見ていると、胸の辺りがモヤモヤする。

この状況はマズいと私の中で警鐘が鳴っている気がした。

——こんな展開になるなんて、完全に予定外なんだけど……!!

戸惑いながらも、私は必死で自分に言い聞かせる。これは私にとって結婚を回避するためのお試し期間のはず。なのに、義父達との違いを思い知らされて、相手を見直しているようじゃダメだ。

彼の手のひらの上で踊らされているような気がしてならない。

――本当に、どこまでがこの人の策か分からないから、困るんだよね……

なんとなく気まずいままアイスティーを飲んでいると、コーヒーを飲み終えた公章さんがカップを置いた。

「じゃあ、別のフロアも見てみようか」

――えっ。まだ買うの⁉

こんなにたくさん買い込んだのだからもう帰るものだとばかり思っていた。

「あの、こんなに買っていただいたので、私のものは結構ですからね……」

「そう言うとは思ったんだけど、あと一つ買い忘れていたものがあってね。それを見に行こう」

「買い忘れたもの、ですか……？」

――洋服以外に買い忘れたもの……？　なんだろう。

そう思いながら公章さんに促《うなが》されてカフェを出る。私達はエスカレーターに乗り、生活雑貨やキッチン用品のフロアにやって来た。

「ここですか？　何を買い忘れたんです……？」

公章さんが真っ直ぐ向かったのはキッチン用品を取り扱うコーナー。キッチンに関してはノータッチだと言っていたのに、何を買うのだろうと首を傾げる。

頭の中がクエスチョンマークでいっぱいになっていると、彼がある場所で立ち止まった。

「エプロン……ですか」

「そう。さっき服を買った時に、『こんな素敵な服は、家事をする時は着られない』って言ってたろう？　だったらエプロンをすればいいんじゃないかと思ってね。残念ながらうちにはエプロンがないから買っていこう。さあ、どれにする？」

それはさっき、アパレルショップで服を選んでいる時にふと零した一言だった。まさかあれを聞かれていたとは。

「そこまで気を遣ってくださらなくても……!!　大丈夫ですよ、家事をする時は持ってきた家着を着ますし」

全身を使って遠慮します、とアピールする。しかし、公章さんは数多く並ぶエプロンの前を離れない。

「まあ、一枚くらい持っていて損はないから。なんなら私がつけたっていいんだしね？」

「え？　公章さんがつけるんですか？」

思わずエプロンをつけた公章さんの姿を想像してしまった。

――似合うけど、ものによっては、ちょっと……

「……そ、それなら花柄とかを選んではダメですね……」

花柄のエプロンをつけている公章さんを想像したら、笑いが込み上げてきてしまう。でも笑ってはいけないと必死で耐えていると、公章さんの表情が何故か緩み始める。

「私がエプロンをつけている姿がそんなに可笑《おか》しい？　まあ、確かにこれだけ身長のある男が花柄のエプロンをつけていたら、ちょっと変か……」

公章さんが近くにあった薔薇の花がプリントされたエプロンを手に取り、じっと見つめる。

その姿が私の笑いのツボに見事にはまり、もう笑いを堪《こら》えるのは限界だった。

「っは‼　あははは‼　公章さんが、花柄の……エプ……っわ、笑わせないでくださいよ……‼」

「そこまで笑う……？」

お腹を抱えて笑い続ける私に、公章さんが恨めしい視線を送ってきた。

「す、すみません……じゃあ、二人で使えるように、もっとシンプルなデザインのものにしましょうか」

二人で一枚を所有するなら持っていてもいいかと考えが変わった。数枚ピックアップして話し合った結果、無地で胸元にブランドのロゴが小さく入ったシンプルなエプロンを選んだ。

——うん、これならどっちが着てもおかしくない。

会計を済ませた私達はこの後どうするかを話し合う。夕飯はどうするのかと尋ねたら、佐々木さんが日曜の夕食用に買っておいてくれたお肉があるというので、食料品は買わずに帰ることにした。

駐車場に駐めた公章さんの車に到着し、購入した大量の服をラゲッジに入れる。

——それにしても、一緒に過ごしているうちに、公章さんのいいところばかりが目に付いてしまった。しかも一緒にいて心地いいだなんて、一番思ってはいけないことなのに。

この生活を早く終わらせたいと思っているはずの自分が、こんなことを考えているなんて。

自分で自分に驚きながら、私は車の助手席に乗り込んだのだった。

四

お試し結婚生活を始めて最初に迎える月曜日の朝。

慣れない通勤経路に少し不安を感じつつも、なんとかいつもとほぼ変わらない時間に払田工業に出勤することができた。

しかし事務所に顔を出すや否《いな》や、私の顔を見た香山さんが不思議そうな声で言ってくる。

「宗守さん、なんか……今日、お肌ツヤツヤじゃない……？」

「えっ？」

思わず顔に両手を当て香山さんを見つめる。

「肌が……ツヤツヤ……？」

「うん。何か特別なことでもしたの？」

「いいえ、特には……ん？　待てよ」

思い当たることが頭に浮かんだのだが、その前に香山さんが「もしかして！」と声を上げた。

「フェイシャルエステか何かした!?」

「え、エステ？　いや、そういったことは……た、たぶん、この週末しっかりご飯を食べて、ゆっくりお風呂に入って、たっぷり睡眠を取ったからかな、なんて」

無理矢理笑顔を作って、なんでもないように振る舞う。背中にツーと嫌な汗をかいていると、香山さんにようやく笑みが浮かぶ。

「そっかー!!　でもそれが一番よね!!　私も夜更かしやめて睡眠時間を増やそうかなあ……」

「睡眠は大事ですもんね……」

香山さんと視線を合わせ、お互いにウンウンと頷く。

「よし。じゃあ、今日も頑張りますかー、社長室の掃除、今日は私がやっておくから。宗守さんは事務所の掃除をお願いね」

「はい、分かりました」

香山さんが事務所を出て行くのを確認してから、私は、はあぁ……と重苦しい息を吐く。

――びっくりした。確かに朝、いつもより化粧の乗りがいい気がしたんだよね……だからって、そんなに違うのかな。

化粧ポーチから鏡を取り出し、自分の顔をチェックしてみる。確かに言われてみれば、いつもより肌ツヤがいい。

その原因など一つしか思い当たらない。睡眠もそうだが、これまでの週末は、ご飯代をケチッて残り物やカップラーメンで済ませていたのを、公章さんと一緒にバランスのいいご飯をしっかり食べたからだ。不承不承始めたお試し生活なのに、こんな効果をもたらすなんて複雑だ。

それでなくても、彼との生活にまだまだ戸惑っているのに。

今朝だって――

『おはよう』

目を覚ましたらいきなり目の前に公章さんの綺麗な顔があって、飛び起きた。

『おはようございますっ、ていうか、なんでこんなに近くっ……』

たぶん十センチくらいしか離れていなかったと思う。公章さんは枕に頬杖をつき、眠っていた私を見下ろすように見つめていた。

『いやあ……スヤスヤとよく眠っているから、今のうちに顔をよく見せてもらおうかと思って。沙霧は綺麗な肌をしているよね。それに、目元にある小さなほくろがセクシーだ……』

『きゃあああ!!　そんなとこまで見ないでくださいよ!!』

『いや、そんなとこまでって……顔は常に露出してるわけだから見ないわけには……』

私の剣幕に驚いている公章さんをベッドに残し、先に寝室を出た。自室で着替えてから一階に下りると、既に公章さんが寝間着のままコーヒーを淹れていた。

どうやら彼は平日の朝はあまり食べないらしく、コーヒーを飲むだけだそう。

そうなんだ、と思いつつささっと朝食を済ませた私は、自分の昼食用にお弁当の準備を始めた。

結局食材の買い物に行けなかったので、佐々木さんが作ってくれたタッパーに入ったお惣菜を、分けてもらうことにしたのである。すると、マグカップを手にキッチンを離れていった公章さんが、何故か戻ってきた。

『沙霧は何をしてるのかな？』

『お弁当の準備です。うちは社員食堂がありませんので、お弁当を持参するか、外食するか、契約している仕出し弁当にするかのどれかなんです。私は入社以来ずっとお弁当持参なんです』

『入社以来!?　じゃあ、十年もずっと自分で弁当を？』

『はい。でも、先輩社員はもっと長い間お弁当生活ですよ。私なんかまだまだです』

公章さんに淡々と説明する。彼は長年私がお弁当を作り続けていることにたいそう驚いていた。

『沙霧は本当にすごいな。私より四つも年下なのに、しっかりしていて……』

腕を組み何度も頷く公章さんに、ついクスッと笑いが漏れた。

『大袈裟《おおげさ》です。こんなの皆やってますよ？　それに、私はストックと夕飯の残り物を詰めるだけなので、そんなに手の込んだお弁当じゃないですし』

といっても今朝のお弁当は、ほぼ佐々木さんの作ったお惣菜だけど。ご飯だけは昨夜のうちにタイマーをセットして朝炊き上がるようにしておいた。

いつも使用しているお弁当箱に惣菜とご飯を詰めて、冷めるまで蓋《ふた》をせずに置いておく。その間に洗い物をしていた私がふと顔を上げると、公章さんがじっとお弁当の中身を覗いていた。

『あの、お弁当に何か……？　使っちゃいけないお惣菜とかありました……？』

恐る恐る尋ねてみる。すると、お弁当に注《そそ》がれていた彼の視線が、私に移った。

『これって、お願いしたら私にも作ってもらえるだろうか？』

言われてすぐは何を言われたのか理解できなかった。しかし理解した途端、私の頭の中に大きく「無理」という文字が浮かんだ。

『きっ、公章さんのお口に合うようなお弁当を作るなんて、私には無理です……!!』

『いや、普通の口だし。それに毎日じゃなくていいんだ。会食が入ってる日もあるから、週に……そうだな、二日か、多くても三日。もちろん前日に連絡するから、お願いできないだろうか』

かなり真剣に頼まれてしまい、なんだか断るのが悪い気がしてくる。

『本当に……大したものは作れませんよ？』

『君の作る弁当が食べたいんだ。中身はなんだっていい。もし大変なら、冷食を使ってくれても、買ってきた惣菜を詰めるのでも……』

『そんなことしません！　やるからにはちゃんと作ります。……わ、分かりました。じゃあ、お弁当が必要な日は、前日の夕方までに連絡してください。会社の帰りに食材を買っていきますから』

私が承諾すると、公章さんはとても嬉しそうに『ありがとう。楽しみにしてる』と言い、ようやくキッチンから離れて行った。

——お金持ちで、美味《おい》しいものをたくさん食べているはずなのに、なんで私の作ったお弁当なんかが食べたいんだろう……？

首を傾げつつお弁当の準備を終え、いつの間にかスーツに着替えた公章さんを玄関先で見送ってから、私も家を出た。

「どうすりゃいいのよ……」

自分の席で頭を抱えていたら、今度は社長が事務所にやって来た。そして私の顔を見るなり、パッと表情を輝かせて近づいてくる。

「宗守さん、久宝さんとはその後……どうだい？　上手《うま》くいってる？」

いきなりそれか。

「え、えっと……はい。まあ、ぼちぼち……」

「そうか、それは何よりだ。久宝さんに会ったら、ぜひよろしく言っておいてくれ」

本当はぼちぼちどころか一緒に住んじゃってるし、夜も一つのベッドで寝ちゃってますけど。

「はい……」

——もし社長がそれを知ったら大騒ぎどころじゃないな……

絶対に知られるわけにはいかないと、私は改めて気を引き締めるのだった。

もうじき終業時刻を迎えるという頃。

ふと公章さんと朝話した件を思い出し、スマホを取り出す。すると案の定、二時間ほど前に公章さんからメッセージが送られてきていた。

【明日お弁当お願いします】

――本当に私の作ったお弁当でいいんだ……

驚きつつ、分かりましたと返事をしておく。ついでに、【希望するおかずはありますか？】と、質問してみたら、数分後にメッセージが返ってきた。

【玉子焼きときんぴらごぼう】

返ってきたのが定番のお弁当のおかずだったので、心の中で普通だ！　と驚く。

立派なお家とか豪快な買い物の仕方から、公章さんとは住む世界が違うと思っていたので、どんな難しいおかずを要求されるのかと変に構えていた。だけど、実際に希望されたおかずに、なんだか笑いが込み上げてくる。

だけど、玉子焼きときんぴらの味付けはどうしよう。甘めと、しょっぱめ……公章さんの好みはどっちだろうか？

仕事を終えて帰路についた私は、この前公章さんに教えてもらった高級スーパーではなく、公章さんが日曜日に佐々木さんへ電話して教えてもらった庶民的なスーパーに寄ってから帰宅した。

お弁当の材料を買い、ずしりと重みのあるエコバッグを肩に掛け、久宝邸に向かっている最中、バッグの中にあるスマホがブルブル震えていることに気がついた。

急いで取り出し画面を見ると、私が住んでいるアパートの大家さんからだった。

慌てて通話をタップして耳に当てる。

「はい、宗守です」

『宗守さん？　お忙しいところごめんなさいね。実は昨日、宗守さんのお母様が家にいらしたのよ』

「えっ、母が……⁉」

『ええ、娘が休日に留守にしているのが珍しくて、なんて仰《おっしゃ》ってたけど。あ、もちろん宗守さんがしばらく留守にすることは言ってないから安心してね？　私のところに菓子折を持ってきてくれて、今後ともよろしくって挨拶《あいさつ》されていかれたわ。一応連絡しておいた方がいいかなって思って』

「そうですか……ご連絡ありがとうございます……」

電話の向こうにいる大家さんにペコペコ頭を下げて、通話を終えた。その瞬間全身の力が一気に抜け、その場にへたり込みそうになった。

——お母さんが来たのか……

日曜にアパートに来たということらしいが、事前に行くという電話はなかった。思いたったら本能に従い行動する。そんな母は私の都合などお構いなしなのだ。

——それはいつものことだけど、結局、何をしに来たのかしら……

ここ数年は正月ですら帰省しないし、会うのも年に一、二回がいいところだ。

諸々のトラウマの元凶である母のことは、諦めつつも受け入れてはいる。だけど、こうして向こうがわざわざ出向いてくる時は、大抵ろくなことがない。

とりあえず、留守にしていることを怪しまれずに母が帰ったことにホッとしつつ、また来た時に不在の理由をどう誤魔化すか。それを思うと気が滅入《めい》った。

視線を落としながら歩くこと数分。大きな大きな久宝邸に到着した。

外灯は点《とも》っているが、玄関を見ると公章さんの靴はない。どうやらまだ帰宅していないようだ。それに、家政婦の佐々木さんの靴もない。

――噂の佐々木さんに会えないかなって、ちょっとだけ期待してたんだけど、さすがにもう帰っちゃったよね……

佐々木さんは平日の十時以降の時間帯で四時間勤務。その四時間の間に掃除や洗濯、頼まれた買い物と食事の支度を済ませてくれるそうで、公章さんも平日に休みをもらった時や、半休を取って帰宅した時くらいしか佐々木さんに会わないのだそうだ。

残念に思いつつ、真っ直ぐキッチンに向かう。

買ってきた食材を入れようと冷蔵庫を開ける。すると、土曜日に用意されていたものよりは少ないが、今日の日付が書かれたタッパーがいくつか重ねて置かれていた。

「佐々木さんの常備菜、新しくなってる」

蓋《ふた》を開けて中身を確認する。今回は、カラフルな野菜を使ったマリネや、ポテトサラダと、豆腐ハンバーグに魚の煮付け。

昨日食べたお惣菜も、今日お弁当に入れていったお惣菜もとても美味《おい》しかった。佐々木さんがいれば私と公章さんの食生活はまったく問題ない。……と、昨日までは思っていたのだが、今の私の状況からして、本当にそれでいいのだろうかと考えてしまう。

私は公章さんと違って遅くまで仕事をしているわけではない。定時で上がれば、今日のように買い物をしてからでも彼が帰宅する前に余裕で帰ってこられる。

時間があるのに、家政婦さんに食事の支度から何から全部任せきりにするのはどうもしっくりこない。その辺りを帰宅した公章さんに早速聞いてみることにした。

「食事の支度をしたい？　沙霧が？」

ネクタイを緩めながら、公章さんが目を大きく見開く。どうやら私がこんなことを言い出すとは思っていなかったらしい。

「はい。佐々木さんのご飯もとっても美味《おい》しいんですけど、なんだか私、この家にただ住まわせてもらっているだけなので申し訳なくて……この前いろいろ買ってもらったお礼に、せめてここにいる間だけでも、食事の支度をさせてもらえないかな、と」

私の話を聞きながらネクタイを解いた公章さんが、そのネクタイをダイニングチェアの背に引っかける。

「私は構わないけど、沙霧の負担が増えてしまうよ？　本当にいいの？」

「大丈夫です。これまでもずっと自炊してきたんですから。一人分増えるくらい、大したことではありませんし」

ただ、公章さんの口に合うようなものを作れるかどうかは、分からないけど……

私の意思を確認して公章さんがしばらく考え込む。

「……そうか。だったら、佐々木さんには私の方から話しておくよ。しばらくは掃除と洗濯のみお願いすることにしよう」

「ありがとうございます……あっ、でもそうなると、佐々木さんのお給料が減ってしまうことになりませんか？　やっぱりやめた方がいいでしょうか……」

「いや。佐々木さんは固定給だし、料理以外にも頼んでいる仕事はあるからね、問題ないよ。では、よろしく頼みます」

「こちらこそ、よろしくお願いします」

深々と頭を下げてから姿勢を戻すと、何故か口元に笑みを湛《たた》えた公章さんが私の顔を覗き込んでくる。いきなり距離が縮まり、思わず逃げ腰になった。

「えっ？　な、なんでしょうか」

「正直沙霧がそこまでこのお試し結婚生活に協力してくれるとは思わなかったんで。ひょっとして、もうお試し期間なんか必要ないくらい、私との結婚に前向きになってくれているのかな」

「そ、それは……申し訳ないですけど……」

至近距離にある綺麗な顔に、思いがけずドキッとした。それを悟られないよう、私は平静を装《よそお》って彼の言葉を否定する。

「それは残念。では、着替えてくるよ」

苦笑しながらそう言うものの、彼はそこまで残念がっているようには見えない。

——相変わらず、掴めない人だな……

解いたネクタイを手にリビング階段を上《のぼ》っていく公章さんを見つめて、自分の気持ちを考える。

掴めない人だとは思うけど、この人との生活が嫌かと問われると、そこまで嫌じゃない。

かといって結婚したいわけじゃないし、期間が終了したらお断りしてもとの生活に戻るだけだ。

私の気持ちは最初と変わりない。

でも、お世話になっているのは事実だし、自分にできることがあれば少しはやっておきたい。

まるで、食事の支度を申し出た自分に対して、無理矢理理由をつけて、言い訳しているようだ。

そんな自分に、内心苦笑いを浮かべるしかなかった。


この日の夕飯は佐々木さんが用意してくれたものを食べて終了。その後はこれまで同様リビングで一緒に過ごし、頃合いをみて先に私がお風呂に入り、先に寝室へ行くという流れだ。

これで彼と同じベッドに入るのは三回目。初日こそいきなり腕を引かれ布団の中に引っ張り込まれたけど、昨日はそういったことはされず普通に就寝した。

——……大丈夫だよね？

ひんやりとしたベッドに体を入れ、テレビを観ながら公章さんを待つ。それから三十分ほどした頃、湯上がりの公章さんが寝室にやって来た。

この家で迎える三回目の夜。いまだに緊張している私に対し、公章さんは特に声をかけてくることもなく、至って自然にベッドへ体を滑り込ませた。

真剣な表情でタブレットを操作する彼の横顔は、とても凛々《りり》しい。

――お仕事、忙しいのかな……いや、忙しいに決まってるよね……

チラチラ彼の姿を盗み見ていたら、いきなり彼がこっちを向いた。

「何？　何か話したいことがあるのかな？」

「いえ、そういうわけではないんですけど。ただ、お仕事忙しそうだなって思って……」

笑顔で尋ねられ、慌てて首を横に振った。

「気に掛けてくれるんだ？　嬉しいね。でも、私もずっと沙霧のことを気に掛けているんだよ。この家での生活はどう？　少しは慣れた？」

気に掛けていたのはこっちのはずなのに、逆に聞き返されてしまった。

「そ、そうですね。はい……いつも通りとまではいきませんけど、だいぶ慣れてきたと思います」

「そう？　それはよかった。今日は慣れない通勤で疲れただろう？　ゆっくり休むといい」

「はい、ありがとうございます」

それだけ言うと、公章さんは再びタブレットに視線を落とす。

そのことにホッとしつつ、胸の辺りがモヤモヤするのは、何故だ。

——彼は、実はあまりそういうことに興味がない、とか……？

もちろん私だっていい年をした大人なので、男女が一つのベッドで眠るということがどういうことなのかを知らないわけじゃない。でも、公章さんからはまったくそういう雰囲気がしないのだ。

——いや、襲われても困るんだけど。

ちょっと待て。なんで私、こんなこと考えてるんだ……？　頭の中にクエスチョンマークが飛び交う。

——きっと慣れない環境で、精神的に疲れてるからだな。うん、寝よう。

私は不意に頭に浮かんだことを無理矢理どこかへ押しやって、布団をしっかり被った。

「私、もう寝ますね。おやすみなさい……」

「ああ、おやすみ。ゆっくり休んで」

耳に優しい公章さんの声にホッとした私は、柔らかな羽毛布団に包まれ、数分後にはあっさり夢の中に吸い込まれていったのだった。


翌朝、彼よりも先に起きた私は、身支度を終えてキッチンに向かった。

——よしよし、ちゃんと動いてるね。

昨夜タイマー予約していた炊飯器がちゃんと動いていることを確認してから、早速、調理に取りかかる。

公章さんにリクエストされた、玉子焼きときんぴらごぼうを作りお弁当に入れた。隙間にお新香や、ソテーしたウインナーを入れ、加熱したブロッコリーで彩りを添える。

ちなみにお弁当箱は昨日公章さんが自分で用意した物で、私の二段式お弁当箱より一回り大きい二段式。おかずの段ができたら、もう一段に鶏肉のミンチを甘辛く味付けした鶏そぼろご飯を入れ、お弁当は完成。できあがった二つのお弁当を眺めながら、私は腕を組んで考え込んだ。

——ほ、本当に簡単なお弁当なんだけど、大丈夫だろうか……

大企業の重役なんだよね……公章さん、どこでお弁当食べるんだろう？　部下とかに見られたりとかするんだろうか？　その場合、誰に作ってもらったとか疑問に思われたり……

なんだか、考えれば考えるほど見栄えが気になってくる。

「お。旨そうだね」

腕を組んで仁王立ちしている私の後頭部の辺りから、やけに弾んだ声が聞こえてきた。

公章さんだ。

「あ……おはようございます。お弁当できましたけど、こんな感じで大丈夫ですか？」

気に入ってもらえるだろうかと不安になる。でも、そんな心配は無用だと言わんばかりに公章さんは満面の笑顔だ。

「もちろん。ものすごく旨そうだ。今すぐできたてを食べたいくらいだけど……何か問題でも？」

そう言って首を傾げる公章さんが、なんだか犬みたいで可愛い。

つい声を出して笑いそうになる。

「いっ……いえ、大丈夫ならいいんです。ほら、誰かに見られたりするかなって思って……」

「執務室で一人の時に食べるから、誰にも見られることはないよ。そもそも、せっかく沙霧が私のために作ってくれたお弁当を、他のやつになんか見せないよ。もったいない」

「へ、もったいない？」

きょとんと公章さんを見上げると、彼はにっこり微笑みながら、私の頭にポン、と手を乗せる。

「ありがとう、沙霧。人生初の愛妻弁当、味わっていただくよ」

「……あ、あいっ……？」

リアクションに困って戸惑っていると、公章さんが自分でお弁当の蓋《ふた》を閉め、そのまま持っていこうとする。

「あっ、待ってください。汁が出るといけないので、せめてビニール袋に入れていってください！」

きんぴらも鶏そぼろも汁がなくなるまで煮詰めはしたが、万が一ということもある。

――ていうか、公章さんのバッグや書類に弁当の汁が零れる大惨事なんて、絶対にあってはならない!!

彼の手から一旦お弁当箱を受け取り、ジッパー付きのビニール袋に入れて再び手渡した。

「はい、どうぞ」

お弁当箱を取られた後、公章さんは無言で私の動きを見守っていた。しかし手渡された弁当に視線を落とすと、口に拳《こぶし》を当て笑い始める。

「ふふっ……君は、本当にしっかりしてるなあ……可愛いのにこんなにしっかりしてて、これ以上私を君の虜《とりこ》にさせてどうしたいのかな？」

しっかりしてる、というお褒《ほ》めの言葉はいい。問題はその後だ。言われた言葉に照れて顔が熱くなってくる。

「あの、き、公章さん……？」

「あ、ごめん。もう出なくてはいけないんだ。お弁当を食べたら、ちゃんと感想を報告するね」

慌ただしくお弁当をバッグに入れると、公章さんが玄関に向かって歩き出す。それを追いかけて玄関まで行き、出て行く公章さんを見送る。

「いってきます」

「いってらっしゃい」

ドアが閉まり、自分も早く支度をしなければと急いでキッチンに戻る。しかしその途中、ごくごく自然に公章さんを送り出していた自分に気づき、あれっとなる。

――なんか私、すっかりこの生活に馴染《なじ》んでいるような気が……

まだ四日目だけど、今のところ私の中にこの生活が嫌だという気持ちは存在しない。いや、むしろ、公章さんのいいところばかりが目について、彼に対する好感度が増すばかり。

こんな気持ち、これまでずっと結婚に否定的だった自分には考えられないことだ。

「どうしちゃったんだろ、私……」

でも、考えたところで答えなど出ない気がする。家を出る時刻も迫っているし、私はこの件を考えないことにした。

この日の午後、私のスマホに【美味《おい》しかったよ、ご馳走様】というメッセージと、空《から》の弁当箱の写真が送られてきた。

——写真まで……公章さん、意外とマメだな……

それを休憩時間に見た私は、胸をぎゅっと掴まれたような、なんとも言えない気持ちになったのだった。

五

久宝家で公章さんと一緒に生活をするようになり、数日が経過した。

今日もお弁当用の食材を買うため、仕事帰りに庶民的なスーパーに立ち寄る。そして今、私は野菜売り場の前で考え込んでいた。

——何気に公章さん、野菜好きなんだよね……

ここ数日、彼の分のお弁当も作っているのだが、彼は毎回全部綺麗に平らげてくれた。そして帰宅後には必ず、どれがどんなふうに美味《おい》しかったのかを伝えてくれるのだが、和食の中でもとりわけ野菜料理の評価が高い。

——きんぴらごぼうとか、滅茶苦茶旨かったって言ってくれたもんな。男性であんなに野菜が好きって人、初めてだ。

過去の義父達は、お肉が好きな人やラーメンとかの麺料理が好きという人ばかりで、野菜が好きだという人はいなかったと思う。ごくたまに、私が野菜料理を作っても、美味《おい》しいと言われた記憶はない。

そのせいもあって、公章さんから野菜料理が美味《おい》しいと言われたのが、すごく嬉しかったのだ。やっぱり褒《ほ》められるとやる気が出る。というわけで手に持ったカゴはすでに野菜でいっぱい。そこに豚肉や鶏モモ肉などを足して、レジに向かった。

ちなみに、お試し期間中で食材などにかかった費用は、全て公章さんが負担してくれている。

『これ、とりあえず一週間分の食費ね』

そう言って渡された封筒の中身を確認した私は、かなり多い一万円札の数に動揺したけれど。

『一週間分の食費は、こんなにいりません』

『無理に全部使う必要はないいよ。ただ、私も初めてのことで、二人の一週間分の食費がどれくらい必要になるか分からなくてね』

そう言って公章さんは笑っていたが、やはり根本的な金銭感覚の違いは歴然としていた。

——そりゃそうだよ、かたや御曹司、かたや貧乏性一人暮らし女子だし……

会計を済ませ、持参したエコバッグに品物を入れスーパーを出た。

ここ数日のお試し結婚生活で分かったことがいくつかある。

まず、公章さんの人柄はそんなに嫌じゃない。というか、御曹司だということをひけらかしたりしないし、上から目線でモノを言われることもない。それに彼は、帰宅した後、少しでも時間があるとパソコンに向かったり、仕事の関係者に電話して指示をしていたりと、とにかく忙しく過ごしている。そんな姿を見ていると、勝手にイメージしていた上げ膳据え膳の御曹司イメージとはだいぶ違うと分かった。

疲れているはずなのに、私といる時はそんな顔一つ見せず、いつも笑顔を絶やさない公章さんに対し、日を重ねるごとに良い印象が増してきている。

しかし。だからといって彼と結婚したいかと言うと、やっぱり無理だと思う。

こんな風に食材を買い込んで、望まれるままお弁当を作っているくせに、何言ってるんだ？　と言われそうだが、やっぱり無理なものは無理なのだ。

そもそも、月に約二万円の食費で生きている女と、一週間分の食費として十万円渡してくるような男との間には、大きな溝があると思う。

今はきっと、お互いの環境が違いすぎるから興味が湧いているのだ。だけど、一緒に暮らしていくうちに、その感覚の違いがどんどん大きくなって、現実が見える日が来るはず。

――今の公章さんは私という人間が珍しいだけだ。

私は母みたいにはならない。絶対に……

重いエコバッグを反対の手に持ち替えた私は、改めてそれを強く胸に刻んだ。


そうして迎えた金曜日。とりあえずの期限である一週間を迎えた。

仕事で銀行に来ていた私は、窓口で呼ばれるのを待っている間、何気なく近くにあった経済誌を手に取り、パラパラと捲《めく》ってみる。そこでふと、手が止まった。

――ん？　これって……

そのページに載っていたのは、公章さんだった。見開き二ページに胸から上の写真が使われ、彼と経済評論家が対談しているという特集だ。

自分が今一緒に住んでいる人が雑誌に載っているなんて経験、人生で初である。

――すっご……久宝家次期当主とか書かれちゃってるし……何より写真がイケメンすぎる!!

こんなの若い女性が見たら途端に公章さんのファンになってしまうのではないだろうか。

雑誌を持つ手が震えていることに気づき、私は気持ちを落ち着けるため一旦雑誌を閉じた。

やっぱり公章さんはすごい人なのだと改めて思い知らされてしまった。そんなすごい人と一緒に生活していることにもびっくりだけど。

最初はあんなに不安だったのに、意外と順応している自分にも驚いた。

正直、彼との生活に問題はない。むしろ一人暮らしの時より楽しいと感じることも多いし、居心地もいい。

だけど……

閉じていた雑誌を再び広げ、公章さんが載っているページに視線を落とす。

こんな風に雑誌に載る彼と私は、やっぱり住む世界が違うのだ。

「払田工業様。お待たせいたしました」

「あっ、はい」

窓口で呼ばれ所用を済ませた私は、銀行を後にした。

彼はいい人だと思う。この生活も予想外に悪くない。でも、やっぱり結婚はできない。

こうして一週間一緒に暮らしてみて、やっぱり私はそんな答えしか出せなかった。

お試し生活をした上でダメなら諦めると公章さんは言った。

だから、今日でこの生活は終わり。

それはずっと私が願っていたことだし、そのために、彼が設《もう》けた一週間のお試し結婚生活に耐えてきたのだ。なのに、どうして私は今、こんなに気が重いのだろう。

銀行からの帰り道、ずっとそんなことばかり考えていた私は、ため息ばかりだった。

夕飯の材料を買い込んでから久宝家に帰宅すると、いつもは遅い公章さんの革靴がすでに玄関にあることに気づく。

——珍しいな。いつももっと遅いのに。

何かあったのだろうかと思いながらリビングへ行くと、ソファーで寛《くつろ》いでいる公章さんが視界に飛び込んできた。

「お帰り」

「ただいまです……って、今日は早いですね?」

尋ねると、公章さんが読んでいた新聞を閉じ、ソファーから立ち上がる。

「出先から直帰でね。それに、今日でお試し結婚生活一週間だろう?」

そう言ってキッチンに向かう公章さんを目で追う。彼は冷蔵庫から白い箱を取り出し、作業台に置いた。その白い箱の中身は、もしかしてケーキだろうか。

「公章さん、それは……」

「小さいけどね、お祝いをしようと思って」

箱の蓋《ふた》を開け、私に見るよう手招きする。

中身は思った通りケーキだった。色とりどりのフルーツをふんだんに使った、ホールタルト。中央には【祝・一週間】と書かれたプレートが載っている。

まさか彼がこんなものを用意しているなんて思わず、私は驚いて目をパチパチさせる。

「……可愛い……!!　これ、公章さんが用意してくれたんですか!?」

「もちろん。最初の日に、近所にあるパティスリーを紹介しただろう？　あそこでオーダーしておいたんだ。ケーキのオーダーなんか初めてしたから、店に入る時は緊張したな。綺麗なケーキがたくさんあるから目移りしちゃって。店員さんをだいぶ待たせてしまったよ」

公章さんが恥ずかしそうに笑う。

「直接、選んでくれたんですか……」

毎日忙しそうにしてたのに、わざわざオーダーしに行ってくれたのだろうか。

彼がお店でケーキを選んでいる姿を想像したら、なんだか胸の辺りがフワフワしてきた。

——どうしよう……すごく嬉しい。

断ろうと思っているのに、こんなことをしてもらって心中は複雑だ。

「あ、ありがとうございます。こんな……素敵な物を用意してくださって……」

嬉しさと後ろめたさが混ざり合い、上手《うま》く言葉が出てこない。

「いや、礼を言うのはこっちの方だ。あんな無謀なお願いを聞き入れてくれて、嫌な顔一つせず弁当や夕食まで作ってくれて。君には本当に感謝してるんだ。これは、せめてものお礼の気持ちだよ」

よくよく考えたら、一人暮らしを始めてから人に何かを祝ってもらったことなどない。

そのせいだろうか、なんだか夢のように幸せだった。

笑顔で首を傾げる公章さんの美しい顔に、タルトから移動した視線が釘付けになる。

本当に本当に、綺麗な男の人。こんな人が私のためにここまでしてくれるなんて。

「沙霧？」

不安そうな顔をした公章さんに名を呼ばれ、ようやく我に返った。

「ご、ごめんなさい！　じゃ、じゃあ早速夕食の支度始めますね！　タルトは食事の後に、ということで」

動揺を誤魔化すように急いで買ってきた食材をエコバッグから取り出す。公章さんはまだ訝《いぶか》しげに私を見ていたけど、しばらくするとタルトを再び冷蔵庫に戻し、私の隣に立つ。

「せっかくだし、夕食の準備を手伝わせてくれないか」

「えっ、公章さんが？」

「うん。料理をしている君を近くで見ていたいから」

シンクで手を洗う私の体が、公章さんの言葉にカーッと熱くなる。

――この人……私をドキドキさせることを言っているという自覚、あるのかな？

「じゃあ……サラダにするレタスを洗って水を切って、手でちぎってください」

「了解」

言われた通り野菜を洗い始めた公章さんの横で、私は胸をドキドキさせながら、どうにか食事の支度を進めた。

今日の夕飯はブリの照り焼き、ささみ入り春雨とレタスのサラダと、豆腐とネギとわかめのお味噌汁。そこに佐々木さんが漬けてくれたお新香を添えて完成。

私が作るのは、ほぼ和食なのだが、公章さんはこういう食事が続いても大丈夫なのだろうか。

「和食ばかりで……飽きませんか？」

ダイニングテーブルで向かい合いながら手を合わせつつ、尋ねてみた。すると公章さんが、私の不安を一掃するような満面の笑みで答えてくれる。

「まったく問題ないよ。私は和食好きなのでね。毎食楽しみにしているんだよ」

「そうなんですか？　てっきり、もっと豪華な食生活をなさっていると思っていたので、なんだか意外です」

箸《はし》を手にすると、公章さんがお味噌汁を啜《すす》り、ほっとひと息つく。

「豪華な食事は、たまにならいいけど、ずっとは飽きるよ。それに、沙霧が作ってくれるものを食べるようになってから、体の調子が良くてね」

「それは……よかったです」

自分の料理が褒《ほ》められることなんか、これまでなかった。この人は、本当に私をいい気分にさせるのが上手《うま》い。

これでは決意が揺らぎそうになってしまう。

食事を終えて片付けをしている間、私はずっと考えていた。

お試し結婚生活の終了を早く公章さんに伝えた方がいい。でも、わざわざケーキを買ってお祝いしようとしてくれたのだから、もう少し続けてもいいかもしれない。

矛盾する二つの考えがぐるぐる頭を巡《めぐ》る。

隣で私が洗った食器を片付けている公章さんは、まさか私がこんなことを考えているとは思ってもいないだろう。涼しい顔で食器棚から皿を出し、冷蔵庫からタルトの入った箱を取り出した。

「じゃあ、タルトを食べようか。チョコのプレートは沙霧にあげるからね。今、コーヒーを淹れるよ」

彼がコーヒーを淹れてくれている間、私の視線はタルトに注《そそ》がれる。

色鮮やかなフルーツの上に載せられた【祝・一週間】の文字。

それを見ると、言おうと思っていたことがなかなか言い出せない。そうこうしている間に公章さんに促《うなが》され、再びダイニングテーブルに腰を下ろした。

――どうしてだろう、いつも以上に緊張する……

淹れたてのコーヒーを手に、彼がテーブルに戻ってくる。目の前に置かれたコーヒーの香りで気持ちを落ち着かせながら、早速フォークを手に取った。

「……いただきます」

「どうぞ」

何故かじっと見つめられる中、フォークでカットしたタルトを口に入れる。

舌に乗せた瞬間に分かった。これは相当美味《おい》しい。

――うまっ!! 何これ、すっごく美味《おい》しい!!

黄桃や白桃、ブルーベリーなどのフルーツの酸味と、カスタードクリームの甘みが口いっぱいに広がる。かといってしつこくなく、爽《さわ》やかな後味だけを残して口の中から消えていく。

こんなに美味《おい》しいタルトを食べたのは初めてだ。

「すっ、すっごく美味《おい》しいです!!」

「そう？ よかった。じゃあ、私もいただこうかな」

美味《おい》しいタルトに興奮気味の私に頬を緩ませながら、公章さんもタルトを口に運ぶ。

「うん、旨い。これならもう一つくらい食べられるかもしれない」

意外に甘い物が好きなのだな、とぼんやり思った。

私と公章さんの間に、ゆったり、まったりした時間が流れている。こんなに心地いい空間にいると、結婚に夢も希望も抱けず、一生一人でいいと思っていた私の決意が揺らぎそうになる。

でも、それじゃダメだ。

彼と一週間一緒に生活してみた自分の考えをちゃんと伝えなければ。

「あの、公章さん……」

「うん？ 何？」

私がこれから言おうとしていることなど、まったく想像もしていない。そんな彼の表情に、思わず怯《ひる》みそうになる。

だけど、今言わないと、ずるずるとこの生活を続けてしまいそうだ。

私は気を引き締めて、公章さんの目を見つめた。

「その……私がこの家に来て、一週間一緒に生活をしました。でも、結婚はしないという私の気持ちは変わりません。……だから、お試し結婚生活を終わりにしてください」

公章さんは私が話をしている間、何も言葉を発しなかった。

——これで、終わりだ……

もとの生活に戻れてスッキリする……はずなのに、何故か寂しさを感じてしまう。

するとずっと黙っていた公章さんが、静かに口を開いた。

「沙霧は、私と一緒に出かけたり、食事をしたりするのをどう思った？」

「どうって……」

「楽しいとか、つまらないとか」

「それは……楽しかったです、とても……」

立場上言いにくくて、公章さんから目を逸らす。

「じゃあ、こうして一緒にお祝いをして、タルトを食べている今は？」

「……っ、嬉しいし、幸せ、です……」

「だったら、ここでお試し生活をやめる必要はないんじゃないかな？」

真顔で冷静に言われてしまい、思いっきり決意が揺らぐ。

「で、でも……ですね、一緒にいて楽しいからといって、結婚してからもそれが続くかどうかなんて、分からないじゃないですか」

「分からないね。でも、ダメになるとも限らないだろ？　そういうのを見極めるために今、一緒に生活をしているんだよ。まずは一週間と言ったけど、ここで全てを判断するのはまだ早いと思うよ」

「そんなことないです！　なんと言われても、私は……結婚なんかしたくないんです……!!」

必死な私に対し、公章さんはうっすら笑みを浮かべていて余裕の表情だ。

それに、何故だか苛立ちを覚える。

「……一緒に出かけたり、ご飯を食べたりするだけなら、別に結婚しなくてもいいのではないでしょうか……その、友達とか」

そこで初めて、公章さんの眉がピクッと反応した。

「友達……？　何故そう思うの？」

私は軽くため息をついてから、チラッと公章さんを上目遣いで見る。

「だって……夜とか……同じベッドで寝ていても、まったくそういう雰囲気にならないし……ただ同居するだけなら、別に友達でもいいんじゃ……っ」

公章さんが驚いたように目を大きく見開いたのを見て、血の気が引いた。

——あああ……私ったら何を言って……もう自分でもよく分からなくなってきた……!!

「す、すみません……今のは、失言、というか……」

今の言い方だと、まるで手を出してほしいみたいではないか。

「つまり君は、一緒に寝ているにもかかわらず私が全然手を出さないから、友達でもいいのではないかと言いたいのだね？」

「……いや、その……」

——最悪……っていうか、改めて口に出されると、言ってることが矛盾してる……結婚する気はないのに、その理由が女として見られていないからだなんて……

「……今のは言葉のあや、みたいなもので……とにかく、私はやっぱり結婚は無理です。いろいろしていいただいたのに申し訳ありませんが、今日でこの生活を終わりにしたいと……」

「はい、ストップ」

公章さんがはっきりした口調で私の言葉を遮《さえぎ》った。

「結論から言うと、私の中にある君への思いは、一週間の同居生活を経て更に大きくなった。むしろ、ますます君と結婚したいという気持ちが強まっているよ。でも、君にそういう印象を抱かせたとしたら、この一週間には意味があったと言える」

「……意味……？　それは、どういう……」

眉をひそめる私とは裏腹に、公章さんの口角がくっと上がる。

「君の結婚願望が、私との生活によってなくなるのだけは避けたかったのでね。君が私に慣れるまでは、嫌悪感を抱かせないように、絶対に触れないことを自分に課していたんだ」

咄嗟《とっさ》に「え?」と首を傾げた。

「触れないように、って……初日から、ベッドで触れたじゃないですか」

「あれは、君がどの程度私を警戒しているのか知るためだ。君の反応を見て、今後君にどう接していくかを私なりに考えていたんだ。……君と親密な関係になるまでは、もう少し時間が必要だと考えていたんだが、思っていたよりもだいぶ私に慣れてくれていたんだね?」

「ど、どうしてそうなるんですか!?」

「心底私に触れられるのが嫌だったら、触れられないことを気にしたりしないはずだ。何故なら、その方が君にとって好都合なのだからね。でも、そうではなかった。ということは、君は私に女性として見てほしいと思っている——と解釈できる」

「そ、そんなこと……」

——本当にそう?

私の中にいるもう一人の自分が問いかけてくる。それに対して私は——絶対違う、と断言できなかった。

「私が言っていることは、間違っているかな?」

私の心情を見透かすような公章さんの視線にビクッとする。その視線から逃れるように、私は彼から目を逸らした。

「……それは……私にもよく分かりません……この生活に慣れたとは思います。でもそれが、そういうこと、とかはまだ……」

はっきりしない返事にもかかわらず、それを聞いた公章さんの顔が緩む。

「そうか。まだよく分からないのなら、結論を出すのは早いんじゃない？　お試し期間をもう少し延長してもいいと思うけど」

「ええええっ!?　延長!?」

まさかの提案に、跳び上がりそうなほど驚いた。

「だってまだ分からないんでしょう？　これで終わりにされたら私も納得がいかないな」

「うっ……」

納得いかない、と言われると反論しにくい。そもそも、そう言われたのがきっかけで、お試し生活を始めたのだ。となると、彼の言う通りこの生活を終えるべきではないのかもしれない。

なんだかそんな風に思えてきて、私は戸惑いながらも頷いてしまった。

「分かり……ました……」

「よし。じゃあ、そろそろ次の段階に進んでも問題なさそうだね？」

急に明るくなった公章さんに、嫌な予感がした。

「えっ？　つ、次の段階ってなんですか……？」

「それは追々ね。あ、コーヒーが冷めないうちにタルトを食べようか?」

「あ、はい……」

再びタルトを食べ始めた公章さんを見ながら、胸の辺りがモヤモヤしてくる。

――もしかして……私、早まったかも……

延長を決断したことを、すでに後悔し始めている。

私はコーヒーを飲みながら、心の中で大きなため息をつくのだった。


「……あの、公章さん……?」

「何?」

「ち、近いんですけど……っていうか、この腕は……!?」

いつものように入浴を済ませた私が先にベッドに入った。それから三十分ほどして、公章さんがベッドに体を滑り込ませてきた。

しかし、今、公章さんの体が私のすぐ目の前にある。しかも何故か彼の腕が私の頭の下にある。

これはどういうことなのか。

「うん、少し先に進んでみようと思って」

ケロリとそんなことを言う公章さんに、私はふるふる首を横に振る。

「先に進むって、進みすぎじゃないですか!? 私は了承していません……」

「でも、一日数センチずつ距離を縮めるんじゃ、もどかしすぎるでしょ。それにほら、こんなのただの腕枕だから」

彼はにこにこしているけど、私にとって腕枕は大事《おおごと》だ。動揺せずになどいられるものか。

「〜〜〜ったただの、じゃないですよ‼　こんなことされたら、緊張して寝られません！」

「こらこら。沙霧、忘れてないかい？　お試し結婚生活の間は、極力本当の夫婦と思って接すると約束しただろう？　それに、私に女性として見られたいのかどうかを判断するには、近付いてみるのが一番だからね」

公章さんが色気たっぷりの笑顔で私に迫る。

——って言われても……だって、こんな風にされたら、嫌でも意識しちゃうよ……‼

初日に嗅いだ彼の香りが鼻をくすぐる度に、心臓がドキンと音を立てる。それに今、頭に当たっている逞《たくま》しい腕の存在が、どうしたって彼が男であることを思い出させる。

「そうだ、沙霧。明日また二人で出かけようか」

ふとかけられたこの言葉で、少しだけ我に返った。

「えっと、買い物ですか？　何か足りないものでもありましたっけ？」

真顔で聞き返すと、公章さんが苦笑いする。

「そうじゃなくてね。恋人のようにデートをしよう、というお誘いなんだけどな」

「デ、デート……」

その瞬間頭に浮かんだのは、子供の頃、再婚する度に新しい父とべったりしていた母の姿。当時は仲良くするのはいいことだと信じて疑わなかった。だが、今思えば、子供の目の前でところ構わずイチャイチャベタベタしていた状況は、ちょっと居たたまれなかった。

そのことを思い出して私が難しい顔をしていたからだろうか。公章さんの表情が曇る。

「どうした？　何か嫌なことでも思い出した？」

「あ、い、いえ……大丈夫です」

――恋人のようにって、何も母のようにしろってことじゃないんだから……

「私……一般的な恋人というものがよく分からなくて」

すると私の頭に公章さんの手がポン、と乗った。

「そんなの経験がないんだから分からなくて当たり前だよ。それに、恋人や夫婦のあり方なんて人それぞれだ。こうあるべき、なんてものはないんだよ」

「人、それぞれ……」

「そう。って、結婚したこともない私が言うのはおかしいかもしれないけどね……でも、無理したり、自分を偽って良い関係を装《よそお》ってもきっと長続きしない。自分達が一番自然でいられる関係が最良なんじゃないかな」

私の中に、公章さんの言葉がすーっと染み込んでくる。なんでだろう、少し低い声のせいだろうか。妙に説得力があるというか、なんの引っかかりもなくすんなり受け入れられた。

「……公章さん、なんだかカウンセラーみたいですね」

「そうかな……私はカウンセラーよりも、沙霧の夫になりたいだけなんだけどな。で、どう？　少しはその気になってきた？」

「それは……」

正直よく分からない。

答えを濁《にご》すと、公章さんが「ははは」と乾いた笑い声を漏らす。

「まあいいや。こうしていても前みたいに逃げられなくなっただけで、かなりの前進だしね」

その指摘に対して、私は何も反応できなかった。

結婚願望はない。なのに、この生活を楽しいと思っている自分をもう否定できない。いや、正しくは公章さんが側にいることに違和感を抱いていない自分を、だ。

──おかしいな、私。どうしてしまったのだろう……

私の頭を優しく撫でる手。それがあまりにも心地よかったせいだろうか。

以前の私だったら絶対に考えられないことだが、この夜、私は公章さんと寄り添ったまま眠りについていたのだった。

そして土曜日の朝。少し遅めの朝食を取った私達は、彼の運転する車で出かけることになった。

「あの……本当に変じゃないですか？」

車に乗り込んでからもまだ服装が気になって仕方ない。そんな私の横で公章さんがハンドルを握りながら微笑んでいる。

「まだ言ってる。心配しなくてもすごく似合ってるから大丈夫だよ」

「でも……」

不安な気持ちが拭えないまま、私は自分の格好を改めてチェックする。

出かける前、公章さんに「全身コーディネートさせて欲しい」と言われ、あまり深く考えずに頷いた。しかし、そこから本気モードの公章さんの勢いに押され、これまで一度も着たことがないようなフェミニンな膝丈ワンピースを着ることに。そのうえ、伸ばしっぱなしのロングヘアは公章さん自らがコテを使って巻いてくれた。しかもその出来映えが異様に上手《うま》くて、私の知らない彼の一面に、驚きでポカンとしてしまった。

なんでコテ持ってるの？　ていうかなんでこんなに扱いが上手《うま》いのか、という疑問をぶつけてみると、どうやら私の長い髪を巻いてみたいがために、巻き髪の美しい秘書の女性にオススメのコテと使い方を教えてもらったらしい。

『やり方は動画でもあがってたからね。それを見て覚えたよ。自分でもこんなに上手《うま》くできるとは思わなかったけど、初めてにしては上出来だろう？』

上出来どころの話じゃない。おかげで、私の髪はいまだかつて見たことがないくらい、ふわふわくるくるの綺麗な巻き髪スタイルだ。

「可愛いから問題なし。沙霧はもっと自分に自信を持っていいよ。何故なら、私を虜《とりこ》にした魅力がすでに備わってるんだから」

サラリとそんなことを言われると、逆にどうしていいか分からなくなるのだが。

「も、もう……公章さんは、口が上手《うま》すぎです……」

かくいう公章さんだって、イケメンぶりは相変わらずだ。平日のビジネスマンモードからガラリと変わった休日モードの彼は、髪をラフにまとめ、綺麗な首が見える丸襟《まるえり》シャツにジャケット。そして下は濃い色のデニムというスタイル。こういう格好で車を運転する姿は、何度見てもやっぱり素敵だ。

まじまじ見てしまったら、なんだか胸がドキドキし始めて落ちつかない。

「……あの、それで。今日はどこに向かっているんですか……？」

話を変えて尋ねると、公章さんがチラッとこっちを見た。

「ああ、うん。この前はわりと私が強引に君を連れ歩いてしまったのでね。今日は、君が見たいところに付き合うよ。だから大きなショッピングモールに行く予定」

元々物欲の少ない貯金魔である私が、いきなりそんなこと言われても頭には何も浮かんでこない。

途端に黙り込む私の思考は、彼にお見通しだったらしい。彼は噴き出すように笑った。

「もしかして欲しい物とか見たい物が何もないとか？」

「うっ。ごめんなさい」

ズバリ言い当てられて、思わず体を縮めた。

「いや、なんとなく分かってた。でもいいんだ。今日はこの前みたいに、買い物が目当てじゃなくて君と恋人のように過ごす、というのが目的なのでね。ただ一緒に歩くだけでいいんだよ。そのために歩きやすい靴を選んだんだしね」

確かに足下は服装に合わせてパンプス、ではなく歩きやすさを重視したバレエシューズだ。

「一緒に歩くだけでいいんですか？　公章さん退屈じゃないですか？　せっかくのお休みなのに」

「全然。君はまだ、好きな人と一緒に居られるというのがどれだけ幸福なことか分かっていないな？　別に、何もしなくたっていいんだよ。ただその場に一緒にいられるだけでいいんだ」

何もしなくていい。そんなことを言う男性を初めて見た。

母の歴代彼氏や義父達に、そういうことを言う人はいなかったから。


車で一時間ほどかかる場所にある郊外の大きなショッピングモールに到着した。土曜日だけあって、広大な駐車場はもう半分くらい埋まっている。

「うーん、やっぱり想像していた通りの混み具合だな」

車を降りて一番近い入口に向かいながら、公章さんが周囲を見回す。私もそれにつられ、同じように入口を目指して歩いている人達を眺めていた。

小さなお子さんを連れた家族連れや、カップルに年配のご夫婦まで、客層は様々だ。

「私、車もないしずっと一人だったから、こういうところに来るのは成人してから初めてです」

「そうなの？　じゃあ子供の頃は家族で来てたんだ」

「うーん……昔一度だけ行ったような気がするんですが、目の前で母と義父のイチャイチャを見せられただけで、あんまりいい思い出じゃないんですよね。それ以来、誘われても行かなくなりましたし」

昔のことを淡々と語ってから公章さんを見上げると、何故か彼の表情が硬い。

もしかして、こんな話を聞いて気分を害してしまったのだろうか。

「ごめんなさい。嫌な気分にさせました……？」

慌ててフォローすると、それまで硬かった彼の表情が少しだけ和《やわ》らいだ。

「いや、そうじゃないんだ。ただ……子供の頃の君は、家族と出かけて何を買ってもらおうとかで頭を悩ませるんじゃなく、そういったことで悩んでいたんだなと思ったら、なんというかやるせない気持ちでいっぱいになってしまって」

「ああ、確かに嫌だな、と思うことはありましたけど、悩むほどじゃありません。私、意外とそういうの、切り替えが早いので」

「でも、結婚願望はずっとないままだろう。それはきっと、君の中で義父に抱いたイメージがそのまま男全体のイメージになっているからじゃないのか？」

「それは……」

違う、とは言えなかった。たぶん彼の言っていることは間違ってない。

「だから私は、君のその嫌な記憶を幸せな記憶で上書きしたいんだ。……あ、入口ここだね。ほら、行こう」

公章さんがいきなり私の手に指を絡めてくる。初めて経験する、いわゆる恋人繋ぎというものに、体の毛穴という毛穴から蒸気が噴き出しそうになった。

「えっ、あ、あのっ」

「恋人のように過ごすんだから、せめてこれくらいはね」

悪戯《いたずら》っ子みたいに微笑む公章さんに手を引かれ、ショッピングモールの中へ入る。

「とりあえずフロアを端から見ていこうか。気になる店があれば、遠慮なく声をかけて」

「はい」

最初は特に買うものもないし、短時間で帰ることになるんじゃないかと思っていた。でも、その予想に反し、公章さんと手を繋いで歩いていると、周りの景色がきらきらと輝いて見える。どうしたことか、ウインドウショッピングがかつてないほど楽しい。

でも、そこは貯金魔の私。ちょっといいなと思っただけでは、購入には至らないのだが。

「本当に沙霧は財布のヒモが固いな。私も見習わないといけない」

しみじみと呟く公章さんに、私は首を傾げる。

「そうですか？　でも、家には物が少ないですよね。公章さんって、どんな物にお金を使うんですか？」

「細々《こまごま》とした物はあまり買わないけど、こだわる部分には際限なく投資してしまうところがあるんだよね……」

「例えば？」

「……寝具、とか」

その言葉にハッとする。

「まさか……今、私達が寝ているあのベッドと布団って………」

「そうだね、国産の普通自動車一台分くらいはかかってるかな」

初めて知る事実に、雷に打たれたような衝撃が私を貫いた。

「じっ……じどっ……自動車一台分って……!!　本当ですかそれっ!!」

「うん」

驚きの金額に意識が遠のきそうになる。私がいつもベッドに入ると、緊張してるくせに五分とかからず眠ってしまう理由がよく分かった。

「……そんな高級布団を毎日使わせていただいて……寝ている間によ、汚してしまったりしたら、取り返しのつかないことになるんじゃ……」

本気で不安になっていると、すかさず公章さんが顔を近づけてくる。

「汚れなんて気にしなくてもいいよ。むしろもっと汚れることをしたっていいんだよ、私はね」

「……それは、どういう……？」

色気のある流し目をされ、その意味が分からず困惑する。

「ん？　そのうち分かると思うよ」

ははは、と軽やかに笑う公章さんの横で、何故か落ち着かない気分を味わう。

ぶらぶらと歩きながら公章さんがふらりと立ち寄ったのは、和食器のお店。

「食器に興味があるんですか？」

職人が作った夫婦箸《めおとばし》の前で立ち止まった公章さんを見上げる。

「というか、今、沙霧が使ってるのは来客用の箸《はし》だからね。ちゃんとしたのが必要かなと」

「……」

必要だと思ってくれるのは嬉しいけれど、ただのお試し結婚生活なのにいいのだろうか。

そのことを聞きたいけど、なんとなく言えない私は、近くにいる客に視線を移す。私達と同じくらいの年頃の男女が、笑顔で食器を選んでいる。

——新婚さん？　それともカップル？　まあ、どっちでもいいか。幸せそうだな……

普通の恋人同士というのはこういう感じなのか。私達も傍《はた》からはそう見られているのだろうか。

そんなことをぼんやりと考えていると、「沙霧」と名を呼ばれた。

「は……」

「何、見てるの。他にいい男でもいた？」

見上げるや否《いな》や、彼は口元に笑みを浮かべながら私を見る。

「そ、そんなわけないじゃないですか」

「ならよかった。でないと嫉妬で買い物どころじゃなくなるからね。あ、これなんかどうだろう？」

公章さんが選んだのは、漆《うるし》塗りの夫婦箸《めおとばし》。公章さんのは黒で、私のは鮮やかな赤だ。

「素敵ですね、いいと思います」

「じゃあこれと……あとは茶碗かな」

生活用品を見ながら、とりあえずお試し結婚生活を継続することにしたけれど、今後、自分はどうしたいのだろうという考えが頭をよぎった。

恋人になりたいのか、それとも本気で結婚を考えるのか。

私は一体、彼とどうなりたいんだろう。

私が使う箸《はし》と茶碗を買い、モール内にあるカフェで少し遅いランチを取ることにした。

朝食が遅かったこともあり、二人ともしっかり食べる気分ではない。

カフェながら、パスタやサンドイッチといった軽食も充実した店の中は、私達と同じように遅いランチを求めてやってきたカップルや家族連れで賑《にぎ》わっている。

向かい合わせで座っても手を伸ばせばすぐ届きそうな席で、周りを興味深そうに眺めている公章さんにメニューを差し出す。

「公章さんは、こういうショッピングモールにはよく来るんですか？」

「いや。ほとんど来たことがない。だから今日は結構新鮮だったりする」

なんだ。勝手知ったるといった感じだったのに……意外。

「そうだったんですね。じゃあ、私と一緒じゃないですか」

「だね。だからほら、やっぱり気が合うんだよ、私達は」

「なんか、とってつけたみたいですけど。あ、注文決まりました？　店員さんを呼びますね」

私はクラブハウスサンドとカフェオレ、彼はホットドッグとアイスコーヒーを注文すると、なんとなく見つめ合う。

「どうした？　私の顔に何かついてる？」

口元に手を当てながら、彼がクスッと笑う。

「それを言うなら公章さんだって。私の顔、変ですか……？」

「いや、変じゃなくて普通に可愛いけど。実際、若い男性によく見られてたよ」

「ええ？　それは公章さんでしょう？　私何度も、振り返って公章さんを見てる女性を見ましたよ」

私のことはどうだか知らないが、公章さんが注目を浴びていたのは間違いない。今だって近くにいる女性の二人連れがチラチラとこっちに視線を送ってきているし。

そう言った私に、何故か公章さんが口元を押さえて目尻を下げる。

「それは嫉妬？　だったら嬉しいんだけど」

「し、嫉妬!?　いやそうじゃなくて、公章さん、自分が周りからどう見られているか、よく分かってないから」

「分かっていないわけじゃないけど、今は沙霧のことしか見えていないのでね。正直、どうでもいいんだよ」

不意打ちの言葉に私が口を閉ざすと、ちょうどタイミングよく注文した品が運ばれてきた。軽食のつもりで注文したのだが、私の目の前に置かれたクラブハウスサンドはなかなかのボリュームだ。

――うっ、多いな。これ一人じゃ食べ切れなさそう。

「公章さん、よかったらこれ少し食べません？　想像していたよりも量が多かったので……」

「うん、いただくよ。沙霧、これも一口食べてみる？　美味《おい》しそうだよ」

公章さんの前に置かれているホットドッグもなかなかの大きさ。しかも挟まれているソーセージはかなり太くて食べ応《ごた》えがありそう。上にふんだんに載せられたチーズがまた食欲をそそるビジュアルだ。

「いいんですか？　じゃあ、後で一口ください」

「先に食べていいよ、ほら」

公章さんが私の前に紙に包まれたホットドッグを差し出す。それを受け取った私は、躊躇《ためら》いなくかぶりついた。噛みついた瞬間、ソーセージの肉汁が口の中で弾ける。

「っ、はっ！　いい食べっぷりだな」

もぐもぐ咀嚼《そしゃく》していると、公章さんがたまらず声を漏らす。

「……美味《おい》しいですよ、これ……」

ソーセージはジューシーだし、パンも柔らかくてしっとりしていて美味《おい》しい。それを公章さんに伝えようとしたら、いきなり彼の手が私の顔に迫ってくる。

「沙霧、ケチャップがついてるよ」

そう言うなり、私の口の端についていたケチャップを指で拭い取る。そして彼は、表情一つ変えずその指をペロリと舐《な》めた。

その動作は、まるで私達がずっと前から恋人同士であるかのように、ごくごく自然だった。しかも指を舐《な》める公章さんが、いつも以上に色っぽく見えてしまい、急に意識してしまう。

――う、わ……なんか……直視できない……

なんでこんなに恥ずかしいことが自然にできるのだ、この人は。

「そんなに旨かった？　もっと食べていいよ、私はこっちをいただくか……」

「あっ、いえ!!　お、お返しします。すみません。あ、でも私のもどんどん遠慮なく食べちゃってください」

ホットドッグを彼に返し、自分のサンドイッチを口に運ぶ。これも美味《おい》しいけど、今の私は公章さんを意識してしまい、はっきりいって食事どころではない。

なんでこんなにドキドキしてしまうのか。これまで大丈夫だったのに、急にどうして。

ふと、母がよく言っていた言葉を思い出す。

『本当に心の底から好きな人ができると、その人を見るだけでドキドキして、胸が苦しくなるの』

意味が分からず首を傾げると、決まって母は私の頭を撫でながら、そのうち沙霧も分かるわよ、と言って微笑むのだ。ずっとその気持ちが理解できないままでいたけど、まさか……

「このサンドイッチも旨いな」

「そ、そうですね、美味《おい》しいですね……」

考え込んでいるところに話しかけられ、我に返った。

混乱しているのを悟られないように、無理矢理笑顔を作る。

――……そんなはずない、よね。きっと気のせい。

食事を終えカフェを出た私達は、再びモール内を散策する。特に買う物はないけれど、公章さん曰《いわ》く「食後の散歩」なのだそう。

フロアの端から端まで歩きながら、気になる店をチェックしているうちに意外と時間が経過していて、時計の針は午後四時を回っていた。

「そろそろ帰る？」

「そうですね。なんだかんだちょこちょこと買い物もしましたし……楽しかったです、ありがとうございます」

出口に向かって歩きながら、今日の戦利品を眺める。カフェでは思いがけずかなり動揺してしまったが、買い物をしている間にだいぶ気持ちは落ち着いた。

「沙霧、こっちへ」

家族連れなどでごった返す通路を歩いていると、いきなり公章さんに手を繋がれる。当たり前のようにされるこういった行為を、私はいつのまにか受け入れていた。

——前は触れただけでビクビクしてたのに、不思議……

などと思っていたら、前方からやって来た中年の男性とぶつかりそうになった。

——あっ……

ぶつかる、と思ったその時。咄嗟《とっさ》に公章さんが私の肩を抱き、自分の方に引き寄せてくれた。

「あ……ありがとうございます」

「いいえ。どういたしまして」

守ってくれたことに感謝し、胸が温かくなる。しかも、その後も彼は私の手を引き、器用に人の流れをかわしつつ、段差があれば私に気をつけるよう声をかけてくれた。

小さい優しさや気遣いに触れる度に胸が苦しくなって、公章さんのことを意識する。その繰り返し。

——ああもう……なんで私こんなにドキドキしてるんだろう……

「……沙霧？　どうかした？」

考え事をしていたら公章さんに声をかけられた。弾かれたように彼を見上げると、「ん？」と微笑まれる。その表情に、また小さく胸が跳ねた。

「い、いえ、なんでもないです。たくさん歩いて疲れましたね。夕飯、ピザ買って正解でした」

きっと帰ってから食事の支度をするのは疲れるだろう、という公章さんの提案で、夕飯用にイタリアンレストランのテイクアウトピザを購入したのだ。

動揺を隠しながら普通に接し、そのまま車に乗り込み、シートベルトをつける。来る時はあまり気にならなかった座席の位置を修正しようと、座席の横にあるスイッチを押す。

「あれっ⁉」

間違えてリクライニングのスイッチを押してしまい、座席が後ろに倒れる。

「沙霧……何してるんだ？」

クスクス笑われてしまい、とても恥ずかしい。

「間違えてしまいました。座席を少し前に移動しようと思ったんですが」

「それはこっちでしょ」

そう言って、公章さんが一度つけたシートベルトを外し、助手席側に体を寄せる。

「こっちがリクライニングで、前後に動かすのはこっち」

私の顔と、わずか数センチという距離に彼の顔が近づく。高くてスッとした鼻梁《びりょう》に、綺麗なアーモンド型の目は睫《まつげ》も長い。

――綺麗な顔が、すぐ近くにある……

私が息を殺してじっとしていると、公章さんと視線がぶつかる。その美しい眼差しで見つめられると、だんだん顔に熱が集まってくるのが分かった。

「あ、の……」

数秒見つめ合っただけで耐えられなくなって、思わず目を逸らしてしまった。

いつもと違う空気が私と彼の間を流れる。何か言わなくてはと思うけど、何故か言葉が浮かんでこない。

「沙霧」

名前を呼ばれて再び彼と視線を合わせる。徐々に公章さんの顔が私に近づき、気がついた時にはお互いの唇が重なっていた。

——……!?

これがキスだと気づくのに数秒かかった。はっきり認識した途端、心臓が飛び出しそうなほどドクドクと脈打ち始める。

男性だけどやっぱり唇は柔らかいのだなとか、意外としっとりしているなとか考えている間に、唇の隙間からぬるりとしたものが差し込まれてハッとする。

——これは……舌!?

戸惑う私を置き去りに、彼の舌が口腔《こうこう》内を優しく舐《な》め回す。そして奥に引っ込んでいた私の舌を誘い出し、搦《から》め捕《と》られる。

「んっ……あ……っ、は……」

舌と舌が絡まる度に、淫靡《いんび》な水音が脳内に響く。それがとてもいやらしく思えて、私の羞恥心《しゅうちしん》が激しく反応する。

いきなり始まった濃密なキスに、驚きすぎて動けない。それでもなんとか抵抗を試みようとするけれど、上手《うま》く力が入らなかった。

――なんで……なんで私、抵抗できないんだろう……

キスに加え、彼の手が私の頬に触れ、首に触れ……だんだん下へ移動していき、胸の膨らみに触れた時――驚いた私はビクッと体を揺らしてしまった。

その瞬間、公章さんはパッと胸から手を離し、キスをやめた。

「……ごめん。……帰ろうか」

優しい表情の公章さんは私の頭を一撫でし、そのまま運転席に戻りシートベルトを装着した。

「そ……そう、ですね……」

今自分の身に起きたことがまだ処理しきれないまま、私も乱れた前髪を直しながら姿勢を正す。

来た時とは違い、私も彼も、なかなか会話の糸口が見いだせず、駐車場を出てからも無言の時間が続いた。

――いきなりで驚いた。けど……私、嫌じゃなかった……それは、どうして……？

しばらくすると、ついに静寂を破り公章さんが口を開いた。

「ごめんね。怒ってる？」

反射的に運転席の彼を見る。

「いえ……お、怒ってはいません……」

それ以上、何を言えばいいのか分からなくて、また無言になる。

すると、信号待ちで車が止まった際、公章さんに手を握られた。

「え、あの……」

「青になるまでの間だけ」

私を見て微笑む公章さんに、胸がぎゅっと掴まれたように苦しくなる。

——突然のキスといい、このタイミングでの手繋ぎといい……私には刺激が強すぎる……!!

頭がいっぱいになってしまった私は、この後の会話が、ろくに頭の中に入ってこなかった。

しかもこのキスを境に、公章さんのボディタッチがあからさまに増えた。

夜は昨日と同じように私を抱き寄せて眠ったり、寝起きの私の頬を撫でてきたり。

その度にドキドキさせられつつ、どうにか週末を終えた。

——もう……心臓がもたない……

どうしてこんなにドキドキしてしまうのか。キスが大きな原因かもしれないが、よくよく考えたらその前から前兆はあった。

もしかすると、私、公章さんを好きになってしまったのだろうか。いや、それともああいう行為に驚いているだけなのか。

その辺りをぐるぐる考えてみるけれど、どうにも答えが出ない。

たまらず私は、月曜日のお昼に香山さんに相談した。

もちろん、私のこととは言わずに。

「えー、異性を好きになる基準？　そんなの人によってまちまちよ？　っていうか何、宗守さん、ついに気になる人でもできた⁉」

香山さんが箸《はし》を置き、パッと顔を輝かせる。そんな香山さんに、慌てて違います！　と否定した。

「わ……私のことじゃないです。そうじゃなくて一般論というか……恋人になりたいとか、結婚したいって自分の中で確信するのって、何が決め手になっているのかなって……」

香山さんが再び箸《はし》を手に取り、お弁当を食べながら自分のことを話してくれた。

「うちは友達の紹介だったのよね。最初男女四人で会って、なんとなく話も合うし、向こうもまんざらじゃなさそうだったから、軽い気持ちでお付き合いを決めたの。で、結婚のことを意識したのは、初めて二人で食事に行った時かな〜。一緒に食べたご飯がとっても美味《おい》しくて」

「……ご飯？」

「そう。定食屋さんでご飯食べたんだけど、いつも食べている定食が、その日に限ってなんだかすっごく美味《おい》しかったのね。その時かな、この人と結婚したいって漠然と思ったのは」

「ご飯の美味《おい》しさで判断……？　ちょっとよく分からないんですが……」

困惑して頭を抱える私に、香山さんが笑い出す。

「あははは！　そうじゃなくて、なんていうかな……好きな人と一緒にいて、リラックスできるっていうのが一番大きかったのかもね。緊張してたら味なんか分かんないでしょ。結婚したらずっと一緒にいるんだもの、居心地の良さって大事じゃない」

「居心地の良さ、ですか……」

「そう。宗守さんのお母さんだって、相手にそういうことを感じたからこそ、結婚したいって思ったんじゃない？」

今の今までなるほど、と思っていたのが、母のことが出てきた途端、思考がネガティブになる。

もし結婚したいと思っても、私も母のようにすぐ相手を愛せなくなってしまったら？

そう思うと不安でたまらなくなる。

「いやでも……それだけで判断って難しくないですか？　もしダメになったら……」

「それも縁じゃない？　でもね、ダメになる前に、きちんと改善する努力をすればいいのよ。うちだって二十五年の結婚生活に、何もなかったわけじゃないわ。何度も離婚の危機はあったのよ」

「ええ？　そうなんですか!?」

私が驚くと、香山さんが苦笑いする。

「原因なんて、ほんとに些細《ささい》なことなのよ……休みの日ぐらい掃除しろっていう小言から喧嘩に発展したり、向こうの実家との付き合い方とかで揉めたりね……でも、その都度、ちゃんと話し合って解決してきたわけ」

「そう、なんですね……」

一緒にいてどれだけ居心地がいいか。それが判断基準になるんだったら、とっくに答えなんか出ている。

だけど今私が知りたいのはもっと具体的なことだ。私が公章さんに対して抱いているのは恋愛感情なのか、そうでないのか。これはもう、自分自身で確かめるしかないと悟った。

――ちゃんと、向き合ってみようかな。公章さんと……

仕事を終え、夕食の材料を買い込んで家に戻っても、ずっとそのことを考えていた。

しかも、無意識に今夜の夕飯のメニューは、公章さんの好きなきんぴらごぼうや里芋の煮物、焼き魚といった和食を作っていた。

彼が帰って来る前に準備を済ませてしまおうと、黙々と作業をこなし一時間ほどで全てを作り終えた。使い終わった鍋などの洗い物をしていると、玄関の方から物音が聞こえる。

一旦洗い物の手を止めると、リビングに公章さんが入ってきた。

「ただいま」

いつものように微笑みながら私を見る公章さんに、今日は何故か胸の辺りがふわふわする。

「お……かえりなさい」

「いい匂いだね。もしかして今夜はきんぴらごぼう？　おっ、それに里芋の煮物まで！　好きなおかずばっかりだ」

ネクタイを緩めながら、おかずを見て喜ぶ公章さんに、ほっこりした。というか……

——喜んでもらえて、やっぱり嬉しいなって思う……

公章さんを見つめたままぼんやりしていると、「沙霧？」と声をかけられた。

「どうかした？　ぼんやりして」

「あっ……いえ、なんでもありません。温かいうちにご飯食べましょうか。今、お味噌汁を用意しますね」

バタバタと慌ただしくお椀に味噌汁をよそう。その間に公章さんは着替えを終え、ダイニングテーブルの席に着いた。

「いただきます」

「……いただきます」

手を合わせる公章さんに続いて、私も手を合わせて箸《はし》を取った。

「うん。美味《おい》しい。沙霧の作る和食は味が安定しているね」

味噌汁を飲んでからきんぴらごぼうを口に運んだ公章さんが、嬉しそうに言った。

「ありがとうございます……」

褒《ほ》められて嬉しいのに、彼を意識しすぎて真っ直ぐ目を見ることができない。

こんなんじゃ変に思われるかも、と不安に思うが、公章さんは特にいつもと変わることなく、全ての料理を残さず食べてくれた。

食事と片付けを終えたところで、公章さんが私を手招きする。

「沙霧、ちょっとこっちにおいで」

ソファーに腰を下ろし、隣をポンポンと叩く。

食後の団欒《だんらん》タイムかなと、なんの気なしに彼の隣に座ると、いきなり公章さんが私の方へ向き直る。

「何かあった?」

「えっ」

「いや、なんとなくさっきから君の様子が変だな、と」

彼を意識するあまり、態度がぎこちなくなっていたかもしれない。

私は、急いで首を横に振った。

「何も……何もない、です」

「本当に?」

そう言って、公章さんが私の手を握る。しかもただ握るだけじゃなく指を絡めて握り、その手を自分の口元に持って行き、チュッとキスされた。

「私にこういうことをされるのは……嫌?」

即座に首を横に振る。

「嫌じゃありません……」

「じゃあ、こうやって触れられるのは？」

握っていない方の手で、今度は頬に触れられる。

「い、嫌じゃないです……」

「沙霧は、私のことをどう思ってる？」

ストレートに聞かれ、胸がドキンと大きく跳ねた。

「………私は……公章さんと一緒にいるのは、とても居心地がいいと思っています……でも、これが好き、ということなのか、結婚したいという気持ちなのかは、まだよく分かっていなくて……」

「そう……でも、触れられるのは嫌じゃないんだね？」

「はい……」

「私は、君が好きだ」

真っ直ぐ見つめられ、射すくめられたように彼から目が離せない。

そしてこの時、私の中でずっと説明が付かなかった気持ちが、一気に腑に落ちた。

私は、この人に必要とされたい。この人の側にいたいんだ……と。

「公章さ……」

「好きだ」

少しずつ近づいてきた公章さんが、唇を重ねてくる。優しく、何度も啄《ついば》むようにキスをされているうちに、私は目を閉じて彼に身を任せていた。

しかし、キスがだんだん深くなり、この前のように舌を絡めた濃厚なものに変化すると、呼吸が上手《うま》くできなくなる。

「は、あッ……あ……」

溢《あふ》れ出る唾液で、舌を絡める度に艶《なま》めかしい水音が響く。大きく跳ねる心臓の音と相まって、思考がまともに働かなくなってきた。

――だめ、もう……

公章さんの胸にぎゅっとしがみつき、されるままになっていると、キスをやめた公章さんにぎゅっと強く抱き締められる。安心できる、幸せを感じる温もりだ。

このままこの腕に身を任せてしまいたい。

こんなことを思っている私は、はしたないだろうか。

しかし、公章さんが、突然私の腕を掴んでリビング階段へ歩き出す。

「き、公章さん……?」

戸惑う私を振り返ることなく、彼は階段を上《のぼ》り二階に向かう。脇目も振らずにやって来たのは寝室だった。

ベッド脇に来て、ようやく彼が私を振り返った。と思ったらいきなり私の腰を抱き、深く口づけてくる。

「んっ！」

背中が反《そ》ってしまうくらい、公章さんのキスの勢いは凄《すさ》まじかった。食べられてしまうのではと錯覚するほどのキス。これは、さっきのキスとは比べものにならない。

――魂《たましい》が、持っていかれそう……!!

激しく口腔《こうこう》を蹂躙《じゅうりん》する公章さんの舌に圧倒され、私の両手は何もできずただ空《くう》を掴んでいるだけ。

それでもなんとかキスに応《こた》えたくて、必死で肉厚な舌に自分のそれを重ね、絡ませる。

「んっ……は……」

息が苦しい。でもやめたくない。

無意識のうちにそう思っていた私は、気がついたら彼の首にしがみついていた。

「……っ、きみ、あきさんっ……」

私がこんな風に我を忘れて相手を求めるなんて、自分でも意外で驚いた。それでも公章さんはちゃんと私の思いを受け止め、強く抱き締め返してくれる。

「好きだ」

立ったままお互いを求め合っていた私達は、キスをしながらベッドに倒れ込んだ。お互いの唇を貪《むさぼ》り合いながら、私達は初めて手や頭以外のお互いに触れた。

公章さんは私の首筋や腰のラインを撫でた後、胸の膨らみにそっと手を乗せた。男性に胸を触られるのは初めてだったこともあり、触れられた瞬間小さく体が震える。

「ごめん。嫌だった？」

彼は一瞬私から離れ、気遣うような顔をした。そんな彼に、私ははっきりと首を横に振る。

「ううん」

「……っ、沙霧は、そんなに私を喜ばせてどうしたいのかな……」

彼の呟きは、彼が私の胸に顔を埋《うず》めたので最後までよく聞こえなかった。胸の谷間の辺りに顔を埋《うず》め、服の上から乳房を優しく撫でられる。その感触がくすぐったくて、でも気持ちがいい。

私が小さく身を捩《よじ》ったら、それに気づいた公章さんにクスッと笑われた。

「気持ちいいの？　可愛いな」

「……っ、だって……は、初めてで、こういう時どうしたらいいか分からないんです……」

「何も考えなくていい。ただ、私を感じてくれれば」

公章さんの言葉を胸に、ぎゅっと目を瞑《つむ》る。ドキドキしながら彼が触れる場所に意識を集中させた。乳房の上に乗せた手をゆっくり円を描くように動かされ、もう片方の乳房の先端は服の上から優しく食《は》まれた。初めて味わう感覚に意図せず腰が揺れてしまう。

「あっ……」

「沙霧のここ、下着越しでもわかるくらい硬くなってるね」

目を閉じているから彼が今どんな顔をしているのかは分からない。でも少し抑え気味の声は興奮しているように聞こえた。

指で勃ち上がった胸の先端を弄《いじ》られながら、公章さんの唇が私の首筋に吸い付く。チュ、と音を立て何度も何度も唇を押しつけられているうちに、私の口から甘い吐息が零れ出す。

「は……あっ……、ん……」

首の辺りに公章さんの髪が触れる。それすら気持ちよくて、心臓が激しく脈打つ。

彼は初めての私を気遣ってか、すぐに服の中に手を入れようとはしない。だけど、そろそろ私の方が限界かもしれない。彼に、直接素肌に触れて欲しい、と思ってしまう。

体の奥が彼を求め、疼《うず》いていた。

「服……脱がすよ」

公章さんがカットソーの裾《すそ》を掴み、私の頭から一気にそれを引き抜いた。

上半身がキャミソールとブラだけという格好になり、途端に恥ずかしさが私を襲う。

腕で胸元を隠しつつ、公章さんを見る。

「あんまり見ないでください……」

「それは無理かな。そろそろ私も限界なので」

彼が私のキャミソールの肩紐を指で肩から落とす。ずり落ちたキャミソールからブラジャーが露出すると今度はブラの肩紐も肩から落とされ、片方の乳房が露《あら》わになった。

「……綺麗だね」

じっと乳房を見つめていた公章さんが、直接手で触れてくる。彼の大きい手は、遠慮がちに乳房を覆《おお》うと、指の腹を使ってゆっくり揉みしだいていく。

「ん……っ」

服の上からでは感じなかった彼の温もりが、乳房から伝わってきた。あったかくて気持ちいいと思った刹那《せつな》、彼の手のひらが硬くなった先端を擦り、体が震えた。

「あっ……」

「沙霧、可愛い」

公章さんが私の乳首に舌を這《は》わす。上目遣いでこっちを見ているのがひどくいやらしく思えて、つい彼から顔を逸らした。

「や、やだ……見ないで……」

「どうして。可愛いからもっと見たいよ」

言葉で私の羞恥《しゅうち》を煽《あお》りつつ、舌で乳首を飴のように舐《な》めしゃぶり、快感を与えてくる。

「……っ、は……っ」

何か言いたいのに、上手《うま》く言葉が出てこない。言葉の代わりに口から漏れるのは熱い吐息だけ。

その間も公章さんの手は止まることなく私の乳房を揉んでいる。時に形が変わるほど激しく、時に優しくゆっくりと感触を楽しむように緩急をつけて。

同時に、反対側の乳首は彼の舌によって嬲《なぶ》られ、自分でも見たことがないくらい硬く勃ち上がっていた。しかもその乳首が彼の唾液でぬらぬらと光っている。あまりに恥ずかしくて、直視することができなかった。

「もう……っ、公章さん、いや……」

「嫌なの？　どこが？　こんなに硬くしているのに」

「言わないで……っ、あっ！」

舐《な》めていない方の胸の先端を二本の指でキュッと摘まれ、大きく腰が跳ねてしまう。それと同時にピリリとした鋭い快感が全身に走り、急に体温が上昇したような感覚に陥《おちい》った。

「あ……はあっ……」

「気持ちいい？　じゃあ……こっちはどう？」

公章さんの手がお腹を伝いつつパンツの下にあるショーツへと移動する。

「や、公章さん、まっ……」

待って、とお願いする間もなく、彼の手はショーツの上から私の股間を優しく愛撫《あいぶ》していく。

ショーツの中央をなぞりながらクロッチに到達すると、私の体に緊張が走った。

――あ……

息を詰めて彼の指の動きに意識を集中させる。指は私の反応を窺《うかが》うようにゆっくりとクロッチ部分を何度も往復し、ある一点で止まった。

「……濡れてる、ね」

言われた瞬間、私の顔に熱が集まってくる。

「……っ、やだ、言わないでくださいっ……!!」

自分でも気がついていた。公章さんに触れられる度、下腹部から蜜が溢《あふ》れてきていることに。きっとショーツなど、とっくに濡れてしまっているだろう。

「どうして。沙霧が感じてくれて嬉しいんだけどな。……これは、もう脱ごうか」

どうやらこれは男性にとって嬉しいことなのだと知る。しかし、そんなことにホッとしている場合ではなかった。私が気を抜いている間に、公章さんがショーツとパンツを脚から引き抜いてしまい、すごい勢いで我に返った。

「き、公章さんっ!?」

「大丈夫、何も心配いらないから。君はそのままで」

そう言いながら、公章さんが私の脚の間に体を割り込ませ、蜜口の辺りを優しく指で擦り始める。

「そんな……や……、き、公章さん、まって、まって……!!」

「申し訳ないけど、そのお願いは聞けないな。それにきちんと慣らさないと……ね」

彼の指が私の中の、浅いとこを何度も往復する。指に蜜を絡ませ、滑りをよくすると今度はゆっくり、奥の方へ指を入れられ、ひゅっと息を吸い込んだまま固まってしまった。

――私の中に……公章さんの指が……!!

ただ入れられるだけじゃなく、膣壁を優しく撫でられると、お腹の奥がキュンと疼《うず》く。たちまち蜜が溢《あふ》れ出し、公章さんの指の動きがどんどん滑《なめ》らかになる。

「ああ……すごい、こんなに溢《あふ》れて……舐《な》めるよ、沙霧」

――舐《な》める？

言われた言葉に、一瞬きょとんとする。でも、すぐに彼がどこを舐《な》めようとしているのか気がついた。何故なら、彼が私の股間に顔を埋《うず》めようとしていたからだ。

「公章さん、ちょっとまっ……」

咄嗟《とっさ》に脚を閉じようとするも間に合わず、公章さんが襞を捲《めく》り、その奥に舌を這《は》わせた。

その光景だけで毛穴から蒸気が噴き出そうなくらい恥ずかしいのに、彼の舌が秘所に触れ跳び上がりそうなほど驚いた。

「ひ、あッ……!!　やだ、公章さんやめて、そんなところ……っ」

私が再び脚に力を入れて阻止しようとしても、彼はびくともしない。それどころか、よりいっそう丁寧に、丹念に舌を這《は》わしてくる。

「くうっ……は、ああっ……!!」

ざらついた舌に蜜を舐《な》め取られると、強い刺激に襲われじっとしていることができない。腰を浮かせ、体を捩《よじ》って少しでも快感を逃さないと、自分が自分でいられなくなりそうだ。

――やだ、何これ……私、どうなっちゃうの……？

未知の感覚に怖さを感じる。でも、それを与えているのは公章さんだ。

「沙霧、大丈夫？　怖い？」

彼はどうして私の考えていることが分かるのだろう。疑問に思いつつ、首を横に振った。

「……公章さん、だから……大丈夫……」

今の気持ちを正直に伝えたら、公章さんがピタリと動きを止め、顔を上げた。その顔を見た瞬間、私の胸がドキッと大きく跳ねた。

何故なら、これまで見たことがないくらいギラギラとした男の顔をしていたから。

「君は……そういうこと言うと、私が喜ぶって知ってるのかな？」

「えっ？　喜ぶ……？」

「ふふ。無自覚なところも可愛いよね、沙霧は」

意味深な言葉を吐いた公章さんは再び股間に顔を埋《うず》めると、今度は襞を指で広げその奥を嬲《なぶ》り始めた。

「ひ……や、やめ……っああっ……!!」

触れられるだけで腰が跳ねるほど敏感な場所を、丁寧に、だけど執拗《しつよう》に嬲《なぶ》られる。それはこれまで経験したことがないほどの強い刺激で、一気に快感が高まっていった。

「きみ、あきさ……っ、だめ、そこ、だめっ……!!」

顔を手で隠しながら、イヤイヤと横に振る。しかし彼にやめる気配は一切ない。

「気持ちいい？　イきたくなったらイッていいよ」

「い、いくって……どう……」

そういった知識がまるっきりないわけじゃない。けど、経験したことがないから、具体的にどういうことを指すのかよく分かっていなかった。

でも、今なら分かる。この快感が高まった時がすなわち、絶頂というもの。

――イく……イくの……!? 私、このまま……

そんなことを考えている間も、公章さんの舌によって私はどんどん追い詰められていく。どうしようもない快感が風船が膨らむみたいにどんどん大きくなり、私の中を埋め尽くした。

「……っ、や、やあっ、……なんか、きちゃうっ……ああっ――!!」

来る、と思ってから達するまでの時間はとても早かった。気がついたら頭の中は真っ白で、ガクガクと体が震え、一気に脱力した。

顔に手を当てたまま放心状態でいると、ようやく公章さんが上体を起こした。

「上手にイけたね」

そう言って公章さんは上半身の服を脱ぎ捨て、私に覆《おお》い被さってくる。

「とても可愛かったよ、沙霧。君の中を全て私で満たしてしまいたいほど、愛しくてたまらない」

ものすごい殺し文句だと驚く間もなく、公章さんに唇を塞がれる。裸の状態で抱き合っているからなのかは分からないが、さっきまでのキスよりも艶《なま》めかしく感じる。

「んっ……あ……っ、きみあき、さんっ……好き……」

彼の首に腕を回しながら、溢《あふ》れる思いを口にする。

「……私もだよ、沙霧……」

彼も私の後頭部に手を添え、激しく唇を貪《むさぼ》ってくる。

好きで好きで、たまらない。そんな思いが伝わってくるキスを夢中で続けた。

キスの合間に、私の下腹部に硬いものが当たる。それが公章さんの屹立《きつりつ》だということに気づいて、ドキドキしながら彼を見つめる。

「沙霧の中に入りたい」

言われた瞬間、胸が熱くなって言葉を発することを忘れかけたけど、すぐに頷いた。

「……はい……」

公章さんが体を起こし一旦私から離れた。そのままベッドの端に腰掛けると、身に着けていたものを全て脱ぎ去る。全裸になった公章さんは、立ち上がってチェストから何かを取り出し再びベッドに腰を下ろす。それが避妊具だと気がついたのは、彼が戻ってきた時だった。

しかし、どうしても私の視線は大きく反《そ》り返った彼の屹立《きつりつ》に釘付けになってしまう。これが今から自分の中に入る。そう思うと、緊張と不安と、好きな人と一つになれる幸福とで私の感情は激しく乱れていた。

「……きっと痛いと思う。だから、もしどうしても無理だったらやめるから、ちゃんと教えてくれる?」

「はい……」

素直に頷く。痛さの度合いはどれほどのものなのだろう。これまで経験した痛みの記憶を引っ張り出してみるけど、どれも違うように思う。

果たして自分は耐えられるのか。そのことばかり考えていると、彼のものが私の蜜口にピタリと当てられる。

「挿《い》れるよ」

こくこく頷くと、それを見てから公章さんがグッと屹立《きつりつ》を私に押し込んだ。

「あ……」

ゆっくりと私の中を押し広げて進む彼の大きさに息を呑む。大好きな人と、一つになることが、どれだけ素晴らしいことなのか、今、肌で感じていた。

しかしやはり痛みは伴う。途中まではさほど感じなかった痛みは、奥に進むにつれ徐々に大きくなり、やがて無意識のうちに奥歯を噛みしめるほどの痛みに変わった。

「い、たっ……」

我慢できずにポロッと本音を漏らしてしまう。

すると、ゆっくり押し進んでいた公章さんの動きが止まった。

「痛い？　やめる？」

ぎゅっと瞑《つむ》っていた目を開けると、心配そうな彼の顔が飛び込んできた。それを見て、反射的に首を横に振った。

りたかった。

「ううん、大丈夫。だからやめないで、お願い……！」

ここまできたら、途中でやめたくない。どんなに痛くても構わないから、このまま彼と一つにな
懇願する私を見下ろす公章さんは、何故か困り顔だ。

「そんな可愛い顔でお願いされたら、断れないな……」

「え？」

「いや、なんでもない。じゃあ……なるべく痛くないようにするから」

公章さんが再び動き出す。その動きはとてもゆっくりで、私を傷つけないよう、細心の注意を払ってくれているのがよく分かる。

「公章さん、ごめんなさい……っ」

気を遣わせてるのが申し訳なくて謝ると、すぐ「なんで謝るの」と窘《たしな》められた。

でもすごくキツいな……と零す公章さんの表情は、見たことがないくらい苦しそうだ。

もしかして痛いのだろうかと不安が押し寄せる中、彼は一旦、屹立《きつりつ》を浅いところまで引き抜いた。

「あまり長く痛い思いをさせるのも悪いから、一気に奥まで挿《い》れるよ。辛かったらごめん」

彼が私に覆《おお》い被さり、私の体を強く抱き締めてくる。

「沙霧。私の可愛い人」

甘い言葉と何度も頬に落ちる唇の感触に、強張《こわば》っていた体が緩む。——その隙に、公章さんが

グッと自身を押し込んできた。

「あああああっ‼」

突然襲ってきた痛みに、思わず公章さんの肩に爪を立てる。いけないと思い慌てて手を引っ込めようとしたら「いいよ」と言われた。

「君の痛みが和《やわ》らぐなら、爪でもなんでも立ててくれ」

「……っ、きみ、あきさ……」

今は痛さより、彼の優しさが沁《し》みる。本当にこの人は、なんて人なのだろう。

恋をすること、人を愛することを諦めていた私の心をこじ開けて、溢《あふ》れるほどの愛を注《そそ》いでくれる。

何度私に拒絶されても諦めることなく、愛される喜びを教えてくれた。

こんな人に好きだと言ってもらえる私は、なんて幸せなのだろう。

「好きっ……あなたが好き……」

息を荒らげながら、公章さんが私を揺さぶる。ゆっくりだったその動きは次第に速度を増し、激しく腰を打ち付けてくる。同時に胸を掴まれ、先端を舐《な》められると、下腹部がキュッと締まり、公章さんを強く締め上げた。

「ん、はっ……沙霧、きつ……」

彼の苦しそうな顔が視界に飛び込んでくる。でも、今まで見たことがないその表情が新鮮で、却《かえ》って私をキュンキュンさせた。

——私で、そんな顔をしてくれるんだ……

それが嬉しかった。

公章さんは私の腰を掴んで何度も奥を突き上げつつ、時折ゆっくりと腰を動かし私の気持ちいい場所を探っているようだった。

「沙霧……まだ痛い？」

「ん……よく、分かんない……です……」

さっきのような強い痛みはもうない。でも、気持ちいいのかどうかは正直まだよく分からない。でも、突き上げられながら胸を愛撫《あいぶ》されたり、襞の奥にある蕾《つぼみ》を刺激されると、快感が全身を駆け巡《めぐ》る。そんなことを繰り返すうちに思考がぼやけ、痛みなのか快感なのかよく分からなくなってきた。

目から零れる涙は、痛みのせいなのか、好きな人と一つになれた喜びからなのか。ただ自分に分かるのは、今がとても幸せだということだった。

「……っ、……イ、くっ……!!」

公章さんの動きが更に速くなる。

目を瞑《つむ》って何かに耐えているその顔が、ものすごくセクシーで痺《しび》れた。

「きみあき、さ……っ」

呼吸をする隙すらないくらい、激しい突き上げに思考が吹っ飛びそうになる。その直後、公章さんが、息を止めて天を仰ぐ。

「ごめ……もう、もたな……うッ……！」

彼は苦しそうに呻《うめ》くと、そのまま私の肩口に顔を埋《うず》めて体を震わせる。そして私の体に自身の体重をかけてきた。

感じる重みは、幸せの重み。

私はそれを噛みしめながら、息を荒らげる彼の背中をそっと撫でた。


体を繋げた後、私は感情が昂《たかぶ》った挙げ句いつの間にか気を失うみたいに眠っていたらしい。

気がついたらもう明け方で、隣には静かに寝息を立てている公章さんがいた。

——いつもはイケメンだなって思うけど、今は可愛く見える……

まさか私がこんなことを思うようになるなんて。気持ちの変化にも驚いた。

この人と、さっきまで愛し合っていたなんてまだ信じられない。思い出しただけで、ドキドキしてくる。

——でも夢じゃない。だって……まだ痛みが残ってるし……

間違いなく彼が私の中にいた感覚が残っている。それが恥ずかしくもあり、嬉しくもある。

まさか自分にこんな日が来るなんて、つい数週間前の私は、まったく予想もしていなかった。

本当に人生は何が起こるか分からないものだな。

しみじみそんなことを思っていると、いきなり公章さんに抱き締められる。

「おはよう、沙霧」

「お、おはようございます……」

「体は辛くない？　大丈夫？」

「はい、大丈夫です……なんとか……」

「よかった……沙霧、愛してる」

頬に触れながら、愛を囁《ささや》く。

「……私も、愛……してます……」

安心したように頬を緩ませる公章さんが、愛おしそうに頬を何度も撫でてくる。

「沙霧、ずっと私の側にいてくれるね？」

嬉しそうに弾む彼の声に、私の胸に幸福感が押し寄せる。

「はい……ずっと、公章さんの側にいたいです……」

私は少し汗ばんだ彼の胸に顔を寄せ、目を閉じた。

愛する人の温もりを肌で感じながら、改めて思う。

これまでの私は一生結婚するつもりはなかった。でも、今の私は違う。

——この人と、ずっとずっと一緒にいたい……

母が恋をする度に結婚したがった気持ちが、今ならほんのちょっとだけ分かる気がした。

六

お互いの気持ちを確かめ合い、公章さんと体の関係を持った。

あの夜を境に、私と公章さんの関係は大きく変わることになった。まず、お試しだったこの生活から【お試し】という言葉が消え、無期限の同居生活になったことが一つ。

『沙霧、早目に、君のアパートの荷物を全部ここに移してしまわないか？』

体を繋げた翌朝の朝食の席で、彼がいきなりそんなことを言い出した。

『え？　引っ越し？　なんで急に……』

『両思いになったのだし、プロポーズも受けてもらえたから、後はさっさと入籍して事実上の夫婦になるだけだろう？　だったら引っ越しも早い方がいいと思って』

嬉しそうにコーヒーを飲む公章さんに、思わず箸《はし》を止める。

『プロ……ポーズ……？　私、そんなのいつ受けましたっけ……？』

――確かに愛してるとは言われた。でも、結婚という言葉は一度も出ていないと思うのだが。

きょとんとしている私を見て、公章さんがカップを置いた。

『私が側にいてくれ、と言ったら君は側にいたいと言ってくれた。だから私は、君がプロポーズを受けてくれたのだと解釈したんだけど？』

平然と言ってのけた公章さんに、ちょっと待ってと私の手が伸びる。

『た……確かに言いましたけど！　それとプロポーズを受けたかどうかはまた違うのでは……‼』

『違わないよ。だってずっと側にいたいんだろう？　つまり、結婚したいということだ。というわけで、早目に引っ越しの日程を決めようか？　アパートの大家さんにも挨拶《あいさつ》しに行かなくてはね』

満面の笑みで断言されると、反論する気が起きてこないのが不思議だ。

――……相変わらずだな……でも、私、公章さんのこういうところに慣れてきたかも……

そんなこんなで、公章さんの主張を受け入れた私は、結婚を前提とした婚約者ということになったのである。

二つ目は、両思いとなったことで、公章さんのアプローチがより積極的になったことだ。

それは今朝も。

先に起きた私がキッチンで朝食の支度をしていると、後から起きてきた公章さんにいきなり後ろから抱きすくめられた。

「おっ、おはようございます……！」

「おはよう、沙霧」

私の肩に顎《あご》を乗せ、彼が私を見て微笑んでいる。あまり見ることのない公章さんの無精髭《ぶしょうひげ》がやたらセクシーで、ドキドキした。

これから先、私は彼の隣で平常心を保てるのだろうか。

そんな不安を抱きつつ、数日を経て迎えた週末。一緒に朝食を取り、それぞれ分担して家事を済ましてから遅い昼食を食べて、迎えた午後。

ついにやることがなくなった私は、リビングのソファーに腰を下ろし、ぼーっとしていた。

――よくよく考えたら、趣味なんて貯金しかなかったから、空《あ》いた時間に何をしていいか分からないな……

一メートルくらい離れてソファーに座っている公章さんは新聞を読んだり、タブレットを操作したりと常に何かをしている。でも私は、ソファーに座ってお茶を飲んでいるだけだ。

今まで私は、休日に何をして過ごしていたっけ？

――休日は……いつも掃除と洗濯と、一週間分の食材を買い出しに行って、午後はテレビを観ているうちにいつの間にか夕方になってて、ご飯の支度をして……

気がついたら一日を終えている、という休日を十年続けてきた。それが役割分担のおかげで自分の時間が増えたことにより、逆に時間を持て余してしまっている、というわけなのだ。

――私、何かしたいことあったっけ……？　趣味、趣味……

う〜ん、と考え込みながらソファーに凭《もた》れる。すると、ずっとタブレットに視線を落としていた公章さんがこっちを見た。

「沙霧？　さっきから百面相してるけど……どうかした？」

「……え？　さっきからって、まさか……見てたんですか？」

「うん。なんか暇そうだなーって思いながら、ずっと見てた」

「なんで⁉」

「そりゃ、好きな人が横にいたら、他のことなんか手につかないよ。で、何を悩んでいるの？」

まさか見られていたとは思わず、羞恥《しゅうち》で顔が熱くなってくる。でも、やはり公章さんの目にも私は暇そうに映るのだなと改めてがっくりした。

「私、ずっと趣味は貯金だけだったし、休日は掃除とか洗濯とか身の回りのことをした後は、夕方までぼーっとしているだけで、趣味という趣味がなくて……空《あ》いた時間に何をしたらいいのか、考えていたところなんです」

しょんぼりしつつそう告げると、何故か公章さんが肩を震わせクックックと笑い出す。

「……あの……なんで笑うんですか？　……私、結構真剣に悩んでるんですけど……」

「いや、ごめん。私の周りに趣味が貯金という人間がいなかったものでね、話を聞きながら、貯金通帳を眺めて嬉しそうにしている沙霧を想像したらつい可笑《おか》しくて……」

実際に貯金通帳はよく眺めていたので、なんで知ってるのだろう、と心の中で首を傾げた。

「ま、まあ……確かに貯金通帳はよく眺めてましたけどね……でも、公章さんからしたらお小遣いみたいな額ですよ。一人暮らしって、やっぱりなんだかんだでお金がかかるので」

就職してすぐの頃は、母に仕送りをしていた。でも、母が五回目の離婚をした後、財産分与でまとまったお金を受け取ったこともあり、もう仕送りはしなくていいと言われたのだ。正直その申し出は、とてもありがたかった。

しみじみしながら何気なく公章さんを見ると、腕を組んで大きく頷いている。

「うん。沙霧はこれまでずっと一人で頑張ってきて偉いと思うよ。本当にしっかりしてるし、可愛いし。君のことを知れば知るほど、早く君と結婚したくなる」

そんなことを改めて言われると、こっちはどう返したらいいのか困る。

「し……しっかりしてるはまだしも、可愛いは関係ないと思うのですが……」

「どうして？　可愛いは大事でしょ」

公章さんがタブレットを置き、私との距離を詰めてくる。

「可愛い君が家にいると思うだけで、早く家に帰りたいと思う。おかげで定時に仕事を終えようと、昼間の集中力がぐんと上がったよ。作業効率もうなぎ登りだ」

「え、ええ？　そ、そうなんですか……？　でもそれは、単に公章さんがすごいだけでは」

私のすぐ隣に移動してきた公章さんに、肩を抱かれる。

「いや。やはり何をするにしても、モチベーションというものは大事だよ。今の私のモチベーションは君。これだけは、はっきりしている」

「お、大袈裟《おおげさ》です」

私が顔を赤らめていると、公章さんが趣味か、と呟いた。

「手始めに、私を趣味にしてみるのはどうだろう？」

「え？」

たぶん公章さんは、よかれと思って提案してくれたのだろう。でも、ちょっと意味が分からない。

「いやあの……公章さんを趣味にするって、どういうことでしょう……？」

「言葉の通りだよ。休日は常に私と一緒に過ごす、といったところかな？　そうすれば私も楽しいし、君も趣味ができて一石二鳥だ。悪くない提案だと思うんだけど」

にこにこしている公章さんになんと返事をしたものか。

「……悪くはないですけど、私の考える趣味とは違うような……それに、公章さんがいない時は、結局空《あ》き時間の有効活用ができないですよ」

「はは。気づいてしまったか。さすが沙霧は賢いな」

「もう……公章さんって、やっぱりちょっと変わってますよね……まあ、今更ですけど」

ため息まじりに零す私に、公章さんは顎《あご》に手を当ててうーん、と考え込む。

「そうかな、自分ではあまり変わっているという自覚はないのだけど。きっと、こんな私を好きと言ってくれるのは沙霧だけだろうね」

「そんなことは、ないと思うのですが……」

ちょっと変わってるし、策士だけど……公章さんは優しくて素敵な男性だ。私じゃなくても、彼を好きになる女性はたくさんいると思う。

でも、素の公章さんを他の女性に知られるのは……なんか嫌だ。

私がこんなことを考えながら黙り込んでいると、彼が自信たっぷりに首を横に振った。

「いや。君だけだ。やはり私の見る目に狂いはなかった、ということだね」

「……そういうことに、しておきましょう」

苦笑いしていると、ぐいっと体を引き寄せられ、公章さんとぴったりくっついた。

公章さんの手の甲が私の頬に触れる。そのまま軽く滑らせ、すりすりと撫でられる。

「んっ……」

くすぐったくて身を捩《よじ》ると、公章さんの顔がすぐ近くにあることに気づいた。

「沙霧」

私の首筋に、彼の唇が触れる。触れたまま耳まで移動した唇が、耳朶《じだ》を優しく食《は》んだ。

「ひゃっ……」

「耳、弱いの？　可愛い声が出たね」

クスクス笑いながら、彼は耳の中に舌を差し込んでくる。くすぐったいを通り越し、ゾクゾクした。

「は……っ、あ……!!」

——やだ……耳に触れられただけなのに、声が……!!

心臓がドキドキするだけでなく、下腹部がキュッと締まって疼《うず》く。これではまるで、公章さんを欲しているようではないか。

「き、公章さん!!　まだ昼間ですっ……」

「うん。でも、やることないんでしょ？　昼間からこうしてイチャイチャできるのも夫婦のいいところだよね？」

「で、でも……」

こんな明るい場所で彼と触れ合うのは、さすがに恥ずかしい。

公章さんの手が私の胸の上に重なった時、反射的に彼の手首を掴んでしまった。

「だっ、ダメです!!　こういうことは夜、にしてください……」

ダメなのかいいのかよく分からないことを言ってしまった。次の瞬間、目を丸くしていた公章さんが可笑《おか》しそうに噴き出した。

「ぷっ……今はだめだけど、夜ならいいんだね？　沙霧、可愛いな」

クスクス笑っている公章さんを見つめ、リアクションに困ってしまう。

「うう……だって……」

「分かったよ。キスだけで我慢する。その分、夜にたっぷり触らせて？」

そう言うなり、顔が近づいてきて唇を塞がれた。触れるだけのキスかと思いきや、すぐに舌を差し込まれ、ねっとりとした濃厚なものに変化した。

「んっ……、あ……っ、き、みあきさ……」

途中から両手でがっちり顔を押さえられて、逃げることもできない。

角度を変えながら、余すところなく唇を貪《むさぼ》り尽くしてから、ようやく公章さんが離れていった。

「ふふ。顔が真っ赤で可愛い」

私を見て満足げに微笑まれ、恥ずかしくてまともに彼と目を合わせられない。

「もう……ちょっとだけだと思ったのに……」

口元を押さえて顔を逸らす。

「キスだけのつもりだったけど、もっと沙霧に触れたくなってきたな……もうちょっとだけイチャイチャしようか？」

私の腰に触れる公章さんの手が、すすす……と脇腹を撫でてくる。

「ちょっ……ひ、昼間っからはダメですってば!!　もうっ……すぐ調子に乗るんだから……」

「厳しいなあ。まあ、そんな真面目なところも好きなんだけどね」

私に窘《たしな》められて不満そうな公章さんを見ていると、自然と顔が笑ってしまう。

こんなちょっとしたやり取りだけで幸福感を得られる。

改めて、恋愛の素晴らしさを実感した。

——自分には絶対に無理だと思っていたことを楽しいと感じるなんて、すごいことじゃないのかな……？

思えば、初めて男の人を好きになり、一生しないつもりだった結婚を決めた——そんな奇跡の真っ只中にいた私は、かなり浮き足立っていたのだった。

このまま公章さんと一緒に暮らしていくのなら、母にも言わなくてはいけない。

いつ母に連絡するか。悩み始めて数日経ったある日。

仕事を終えた私が何気なくスマホをチェックすると、画面に表示されていたのは、ものすごい数の着信履歴。電話をかけてきたのは、全部母だった。

——ええ？　お母さん!?　なんでこんなに？

「お疲れ様でした、お先に失礼します！」

すれ違う社員に挨拶《あいさつ》をしながら、足早に会社の敷地を出た私は、急いで母に電話をかけた。タップしてスマホを耳に当てて数秒後、聞き慣れた母の声が聞こえてくる。

『沙霧？　ちょっと、あんた今どこにいるの？』

開口一番にそう言われて、なるほどなと思った。

「お母さん……アパートに行ったのね」

『行ったわよー。この前も昨日も行ったのに、どっちも留守にしてるから、おかしいなって思って大家さんに聞いたのよ。でも大家さんも知らないって言うし……仕事先は変わってないんでしょう？　あんた今どこから通ってるの？』

苛ついた様子で母が一気に捲《まく》し立てる。そのボリュームの大きさに、思わずスマホを耳から離して顔をしかめた。

どうやら完全に、私があのアパートにいないことがバレてしまったようだ。

「……実は今、事情があって知り合いのところから通わせてもらってるの……だから心配しないで」

『知り合いって、まさか男性のところ？　沙霧、あんた男ができたの⁉』

やっぱり。絶対そう言うと思った。

予想した通りの母の言動に、思わず額《ひたい》を手で押さえて項垂《うなだ》れる。

「お母さん……どうしてすぐそういう考えになるの。……違うわよ、お母さんが考えているようなことじゃないから。知り合いが怪我をして、身の回りの世話を兼ねて一緒に住んでいるだけよ」

公章さんとのお試し結婚生活を決めるにあたって、もし母にアパートを留守にしていることがバレた時の言い訳を考えておいたのだ。そのためすんなり留守の理由を説明することができた。

『なんだ、そうなの？　だったら大家さんにもそう言えばいいのに。長年よくしてくださってるいい大家さんなんだから……』

「お母さん、そんなことを言うために、わざわざ何度もアパートを訪ねたり電話をかけてきたわけないでしょう？　そもそもの用件は何？」

くどくど続きそうな会話を遮《さえぎ》り、本題に入った。すると母も、本来の目的を思い出したらしい。

『ええっと……あのね、こんなこと娘に頼むのは本当に心苦しいんだけど、……お金を、ちょっと用立ててくれないかなって……』

「……は？」

さっきまでの勢いがなくなり、急にしおらしくなった母の口から出た【お金】という単語に思わず歩いていた足を止めた。

ここから先の会話はあまり人に聞かれたくない。

そう思った私は、近くにあった商業施設の柱の陰に移動した。

「ちょっと、どういうこと？　なんで急にお金なんて……数年前の離婚でまとまった額のお金をもらってたじゃない。それはどうしたのよ？」

『そ、それが……もうほとんど使っちゃったのよ……』

「なんで⁉」

驚きのあまり声を荒らげたら、スマホの向こう側がしんと静まり返る。そんな時間が数秒ほどあっただろうか。私が無言で反応を待っていると、観念したような母の声が聞こえてきた。

『実は……お、お母さんね、また好きな人ができてね……』

「それは知ってる。この前の電話でもそんなようなこと言ってたし……って、まさか……」

嫌な予感がする。

『うん……その人、小さい飲食店を経営してるんだけど、経営が上手《うま》くいってないらしくて……だから、できる範囲で援助してたんだけど、なかなか経営状況が改善しないみたいで……でも、私のお金ももう底をつきそうで……沙霧にちょっとだけお願いできないかなって、思って……』

好きな相手のためにはどんなことでもしたい、という母の悪い癖が出たと思った。完全に周りが見えなくなってる。

昔だったら、即座に断るところだ。けれど、今の私には好きな人に尽くしたい、という母の気持ちも多少は理解できる。

ここは冷静になってとりあえず話だけでも聞いてみようと判断した。

「……ちょっとだけって、いくらなの」

『……二百万、くらい？』

悪びれず金額を口にした母に、冷静になろうという気持ちが吹っ飛び、ものすごい勢いで怒りが込み上げてくる。

「はあ!?　ふっ……ふざけてるの!?」

もう相手が母親だということは、完全に消え失せている。こんな耳を疑うようなことを平気で娘に頼んでくる人など、母親だと思いたくない。

『っ……ご、ごめんなさい……!!』

滅多にキレない私がブチギレたことで、さすがの母もまずいと思ったらしい。さっきまでの図々しさがなくなり、声がか細くなる。

「そんな大金を私が出せるわけがないでしょう⁉　ほんと、何考えてるの⁉　なんでそこまでしてその人と付き合ってるわけ？　お母さん、いいカモにされてるだけじゃないの‼」

怒りのまま思ったことをぶちまけ、肩で呼吸をする。

しかし、これには母も黙ってはいなかった。

『ちょっと……‼　カモだなんてひどい‼　そんなことないわ、彼、店の経営が軌道に乗ったら結婚しようって言ってくれてるのよ……』

「あっきれた……‼　五回も失敗してるのに、まだ結婚するつもりなの？　なんで懲《こ》りないの？」

娘だからこそ言える文句に、スマホの向こうの声がピタリとやんだ。そのまま間を置くこと数秒。

絞り出すような声が聞こえてきた。

『だって……好きなんだもの……仕方ないじゃない』

そう呟いた後、しゃくり上げるような音が聞こえてきて、胸がずしっと重くなる。

——泣くほど好きなの？　そんな、貯金がなくなるほど金をせびってくる男なのに？

スマホを耳に当てた状態で、私は天を仰いだ。

人を好きになることは分かる。母にとってその男性が特別だということも。

じゃあ、娘の私は？　人を好きになったら、自分の娘に迷惑をかけても構わないわけ？

なんで私と母はこうも価値観や考え方、恋愛観が違いすぎるのか。

きっと私と母は、どんなに語り合っても交わらない。どこまでも平行線のままなのだと悟った。

切なくてやるせなくて、もうため息しか出てこない。

――とにかく、お金のことだけはなんとかしてもらわないと……

「……悪いけど、私のお金は一円たりとも出せないよ。これはお母さんの問題なんだから、お母さん自身でなんとかして」

おそらく、どうにもならなくて私に縋《すが》ってきたのだろう。それが分かるから、母を拒絶しながらも良心が痛む。

でも、ここで私がお金を渡すのは、確実に母にとってよくない。母には、相手との関係をちゃんと考えてほしかった。

しかしこの後、母の口から出た言葉に、私の心は打ち砕かれることになる。

『……でも、あの……私、彼に言っちゃったの……』

おびえたような母の声に、自然と眉根が寄ってしまう。

「言ったって、何を」

『沙霧の勤務先……だから、もしかしたら彼、沙霧のところに行くかもしれない……』

「はぁ!? なんで!? 私のところに来たって何も……」

『そ、それが……話の流れで、娘は私と違って堅実で、お金もちゃんと貯めてるだろうから、あまり心配していない、みたいなことを言ったことがあって。そうしたら彼、娘さんにお金を借りれないかってしつこく言ってくるようになって……だから私、もう沙霧にお願いするしかないって……』

「……なんなの、それ……じゃあ何、その男性が私のところにまでお金をせびりに来るかもしれないってこと？　……ふ、ふざけないで!!　いくらなんでもそんなことされたら、私、お母さんのこと一生恨むから!!」

『沙霧……ごめ……』

「もういい。……今はもう何も話したくない」

泣きそうな母の声を耳にしつつも、これ以上話をしていたらもっと母を怒鳴りつけてしまう。

言いたいことを山ほど胸に抱えたまま通話を切り、スマホをバッグに入れた。

——やっぱり母にとって、私の存在は男より下なんだ……

別々に住むようになり、今はそれぞれ違う道を進んでいるとはいえ、昔とまったく変わらない母が悲しかった。

重い足取りのままスーパーで夕食の材料を買い込み、帰宅した。

気持ちを落ち着けて家の中に入ると、公章さんがキッチンに立っていた。彼は私の姿に気がつくと、その美しい顔を綻《ほころ》ばせる。

「お帰り」

その輝かんばかりの笑顔を見たら、今の今まで暗かった心に明かりが点《とも》ったようにホッとした。

「ただいま帰りました……」

——そうだ。私には彼がいる。私の居場所はここにあるんだ。

辛いことがあっても、彼の姿を見るだけで元気が出る。それって、なんてすごいことなのだろう。

エコバッグと通勤用のバッグを床に置いた私は、公章さんに近づき、ぴったり彼の背中にくっついた。

「沙霧？　どうかした？」

驚いた様子で声をかけてくる公章さんに、私はふるふると首を横に振った。

「なんでもないの。ただ、ちょっとこうしたかっただけ……」

「なんだなんだ？　今日の沙霧はいつにも増して可愛いな」

温かくて大きな公章さんの背中にくっついていると、私の幸せはここにあると実感できた。

——うん、大丈夫。私は、頑張れる。

「……公章さん、今日は早いんですね」

背中から離れて、彼の隣に並ぶ。

「うん。出先からそのまま帰ってきたからね。ついでに、今夜はこれを飲もうと思って」

そう言いながら、彼は私の前にワインボトルを掲げた。それは、ラベルの感じからしても、かなり高級そうなワインに見える。

「どうしたんですか、これ……今日って何かありましたっけ……？」

「いや、そういうことじゃないんだけど、知り合いにいいワインをもらったんで、一緒に飲もうと思って。ついでに、これと合いそうなチーズも買ってきたから、食事の後にどうかな？　沙霧、お酒は飲める？」

「飲めますけど、ワインはあまり飲んだことがないです……自分でお酒を買うことがほとんどなかったので」

何度も言うが、私はケチだ。そんな私にとってお酒は完全に嗜好品《しこうひん》。会社での飲み会と、いただきものくらいしか飲む機会がなかった。

さすがに呆れられるかな、と彼を窺《うかが》うが、公章さんは笑顔のままだ。

「そう言うと思った。これ、女性にも人気のあるワインらしいよ。冷やしておこう」

クスクス笑いながら冷蔵庫にワインを入れる公章さんを目で追う。

――母のこと、彼に相談すべきだろうか……でも、言ったら絶対に心配をかける……

そんなことを考えていると、ワインを冷蔵庫に入れた公章さんがこっちを振り返った。

「ん？　何か気になることでも？」

そう言われてハッとした私は、反射的に首を横に振った。

「――い、いえ……大したことではないので……あ、すぐに夕食の支度をしますね。今晩は、魚料理です」

笑顔でエコバッグを手に取ると、つられたように公章さんも微笑む。

「魚か、いいね。楽しみだな」

「じゃあ、私、着替えてきますね」

エコバッグをキッチンに置き、通勤用のバッグを持ってリビング階段から二階へ行く。

母と母の交際相手のことを話したら、公章さんはどう思うだろう。

呆れるだろうか。怒るだろうか。

――いや、公章さんはきっと怒ったりしない。その代わり、私を助けようとするはず……彼は優しいから……

むしろその方が私には辛い。大好きな人に母のことで迷惑をかけたくないから。


状況に変化が生じたのは、母と連絡を取ってから二日後のことだった。

私が銀行に出かけて帰社すると、香山さんが私に来客があったと教えてくれた。

「来客……ですか？　どなたでしょう」

はっきりいってこの会社に勤務して以来、私に来客があったことなどない。

私が眉をひそめていると、香山さんが手元のメモにある名前を読み上げた。

「えーと、岡部《おかべ》さんっていう男の方。三十代から四十代くらいかなあ。今留守にしてるって伝えたら、一時間後くらいにまた来るって言ってたけど……」

名前を聞いても、私には相手が誰かまったく思い当たらない。

「そうですか……対応してくださってありがとうございました」

香山さんにお礼を言ってから仕事に戻る。でも、来客のことが気になってなかなか仕事が手につかなかった。

――三十代から四十代の男性って、まさか……

嫌な予感を抱えながら、一時間が経過した。来客を知らせるインターホンの音が鳴ったのとほぼ同時に立ち上がり、正面玄関に飛んでいく。すると、玄関のところにラフな私服姿の男性が立っていた。その男性を見た瞬間、私を訪ねてきたのはこの人だと思った。

「あの、もしかして先ほど……」

「ああ。あんたが由子さんの娘？　確かによく見たら似てるな」

私の顔を覗き込んでくる男性に、背筋がぞわっとする。

「すみません、ちょっとこちらへ……」

応接室に通すわけにもいかないので、一旦玄関を出て外で話すことにした。

「あの……どういったご用ですか」

警戒しながら尋ねると、男性はくしゃくしゃと髪を弄《いじ》りながら、チラリと私を窺《うかが》ってくる。

「由子さんから聞いてない？　ちょっとお金を融通《ゆうずう》してほしいんだけど」

「お断りします」

用件を聞くなり、きっぱり断った私に、岡部という男性は「はっ！」と声を上げて笑う。

「即答かよ。つれねえな。俺、君のお母さんの恋人だよ？」

「あなたが母の恋人だろうとなんだろうと、私には関係ありません。それに、人に貸せるほどのお金なんて持ってません」

「え～？　由子さんは君ならお金を持ってるはずって言ってたけどな～」

「十年も離れて暮らしているのに、母が私の貯金について知るはずないじゃないですか。とにかく、貸せるお金などありません。お帰りください」

毅然《きぜん》とした態度で言い放つ。すると、今の今までニヤニヤしていた男の顔が、急に険しくなる。

「あっ、そう……。娘のあんたが払えないなら、やっぱ由子さんに頼るしかねえか。あの店売れば、まあまあ金になるみたいなこと言ってたしな」

聞き捨てならない男の言葉に、背筋がひんやりした。

「……何、言ってるんですか？　店を売るわけないじゃないですか！　そんなことしたら、母は住むところも職も失うことになるんですよ⁉」

私が声を荒らげると、男性が「チッ」と舌打ちする。

「そんなこと知るかよ。とにかく金が必要なんだよ！　店を売りたくなきゃ、あんたが金を用意しな。じゃあな」

氷のように冷たい視線を向けて言うだけ言うと、男はさっと踵《きびす》を返して歩き出す。

「え、あ……ちょっと‼」

男の姿が見えなくなった途端、いろんな感情が入り混じって膝から崩れそうになる。

――なんで……なんでこんなことになるわけ……

目の前が暗くなって、かろうじてすぐ近くにあった壁に寄りかかった。

母と離れて暮らすようになって、やっと穏やかな日常を手に入れたと思ったのに。

――母と親子である限り、私には一生こういったことがついて回るのだろうか。

そう思ったら、この先の未来に希望などまったく見いだせなくなった。


翌日、私は半休を取り母が経営している小料理屋に向かった。

勤務先に母の恋人が来た後、母に改めて話がしたいと連絡を入れておいたのだ。

電車とバスを乗り継ぎ、商店街の一角にある小さな店の前に立つ。この店が今の母のお城だ。ちなみに母の住居もここ。店の奥にある二部屋が居住スペースとなっている。

事前に電話をしておいたので店の引き戸は鍵がかかっていない。私が中に入り、「お母さん？」と声をかけると、奥から母が出て来た。

「沙霧……」

母はお店を開ける前なのでまだすっぴん。元々母は童顔で、年齢より若く見えるタイプだが、今の母は以前見た時より、随分とやつれ、老け込んで見えた。

「……お母さん大丈夫？　なんだか疲れてるようだけど」

思わず眉をひそめ、母を凝視する。そんな私の視線から逃れるように顔を逸らした母は、どこか力ない感じで微笑んだ。

「大丈夫よ。それより話したいことって、もしかして……」

母はそう言いながらお茶を淹れ、カウンターに置いた。

店は、カウンター席とわずかなテーブル席があるだけの、母が一人で対応できる最低限の広さだ。棚に置かれた食器は綺麗に整頓され、キッチンも掃除が行き届いている。久しぶりにこの店に来たけど、母がそれなりにちゃんとやっていることが窺《うかが》えた。

「うん。昨日、勤務先にお母さんの恋人って人が訪ねて来たの。私がお金を出さないって言ったら、この店を売ってお金にするしかないって言ってた」

私の話を聞いた母の顔が、分かりやすく曇る。

「そう……」

その顔は、まるでこうなることをある程度は予想していたようだった。

「ねえ、あの人なんなの？　お母さん、なんであんな人と付き合ってるの」

「なんでって……普通にお客さんとしてこの店に来てくれて。料理が美味《おい》しいっていつも褒《ほ》めてくれたの。彼と話してると楽しいし……自然な流れで」

「それがなんで、お金渡すことになるわけ？」

これには母も分からない、というように首を横に振った。

「付き合ってしばらく経った頃、実は飲食店を経営してるんだけど、このままだと店を閉めないといけなくなるかもって相談されたの。その時は、私もまだ蓄《たくわ》えがあったから、少しだけならってお金を渡したのよ。それでも状況が変わらないって、少しずつ要求される額が大きくなって……いつの間にかこんなことに……」

だんだん声が小さくなる母に、苛立ちが募《つの》る。

「……なんで要求される度にずっとお金渡し続けるわけ⁉　普通に考えて、おかしいって思わなかったの⁉」

話を聞いているだけの私でも、騙《だま》されているのだろうと気づく。それなのに、恋人として側にいる母が、どうして相手の思惑に気づけないのか。

だけど母は、私の質問を振り切るように声を荒らげた。

「だって好きだったんだもの！　彼と一緒になれるなら、なんだってしたかったのよ！」

感情的になる母を目の当《ま》たりにし、私は諦めの境地だった。

「……いつもそれだ……」

好きなんだもん、とまるで十代の女の子みたいに駄々をこねる。こんな母をこれまで何度見ただろう。だけど母はこうなってしまうともう、私が何を言っても聞いてくれない。昔からそうだ。

私は大きなため息をついて母を見る。

「お母さんの気持ちは分かった。でも、お店を売るのはまだ待って」

「……沙霧？」

「まず、お母さんは今後もその人と付き合っていきたいの？　それとも別れたいの？」

この質問に、母が視線を落とす。

「それは……」

「この店を売ってまでその人との関係を続けたいの？　全てを失っても一緒になりたいほど、その人のことが好きなの？」

私に畳みかけられ、母がどんどん小さくなっていく。

「……全てを捨ててまでは……無理……。彼とは別れるわ……」

それを聞いて、少しだけ胸のつかえが取れた。

「分かった。本当に、これが最後だと約束してくれるなら、私も協力する。ただ、二人だけだと心配だから、話をする時は私も同席させて。お母さんは、三人で話し合う場を設《もう》けてくれないかな」

あんまり意味はないかもしれないけど、やらないよりはいい。そう思って提案したのだが、何故か母の表情が一変した。

「ダメ!!　そんなことしたって、絶対あの人の考えは変わらないわ!!　それに、今度は沙霧に危険が及ぶかもしれな……」

突然の母の剣幕に呆気にとられるが、言葉の途中でしまった、という顔で口を噤《つぐ》んだ母に、私の勘が働いた。

「……お母さん、もしかしてその人に、暴力を振るわれてるの？」

確証はない。でも、さっきの母の言動から、その可能性は高い気がした。

「……そ、それは……」

母の顔が、分かりやすく強張《こわば》った。

――やっぱり。

「ちょっと……なんでそんなDV男のいいなりになってるのよ。っていうか、怪我とかしてないでしょうね？」

思わず椅子から立ち上がり、母のいるカウンターの内側に移動する。とにかくオドオドしっぱなしの母を見ていて、なんとなく嫌な予感がしたからだ。

「だ、大丈夫よ、別に……」

そう言いつつも、母が私から逃げるように後ずさる。こんなの、絶対何かあるに決まっている。

「じゃあなんで逃げるのよ。おかしいでしょっ!!」

私は無理矢理母の手を掴むと、着ていた服の袖《そで》を捲《まく》った。露《あら》わになった腕に、痣《あざ》などは見当たらない。

――ない……

私が腕を見たまま固まっていると、母が私の手を振り払った。そしてすぐに袖《そで》をもとに戻す。

「ほら、何もないでしょう？　沙霧ったら、き、気にしすぎよ」

だけどどうにも腑《ふ》に落ちない。母の頭の先から足下までじっと見ていると、体の真ん中辺りで視線が止まる。

「……お母さん、胴回りがやけに太くない……？」

「えっ⁉」

指摘した途端、母の顔色が変わった。

母の体型は私が子供の頃から変わることなく常にスマートだ。本人曰《いわ》く、太れない体質、なのだと常々聞かされていた。そんな母の胴回りが、服で隠していても明らかに太かったのだ。

「……なんで？　太れない体質じゃなかったの？」

「そうなんだけど……ほら、年だからじゃない？　体質が変わったのよ、きっと……」

「そっか。……なんて、納得するわけないでしょう⁉」

母の話に乗るふりをして、一気に母に近づき、ウエストの辺りに触れた。その瞬間、思っていたよりも固い感触にハッとする。

「……コルセット……？　もしかして……肋骨……」

信じられない思いで母を見ると、さすがにもう誤魔化すことはせず、項垂《うなだ》れていた。

「そうよ……顔や腕の見えるところを殴ればすぐにバレるでしょ？　だからあの人、私のお腹ばかり殴るのよ……」

さすがに、全身から血の気が引いていった。

「ちょっと……完全にＤＶじゃない。なんで別れないのよ‼」

「しょうがないじゃない‼　最初はあの人、優しかったのよ。なのに、だんだん豹変《ひょうへん》して……怖くなってお金渡して別れる、って言ったのに全然聞き入れてもらえなくて。もう一度ちゃんと別れてくれって言ったら今度は殴られて……もうどうしようもなかったのよ……」

ワッ、と顔を手で覆《おお》い泣き出した母を前に、私は呆然とその場に立ち尽くした。

「お母さん……」

「……所詮、あの人にとって、私なんかただの金ヅルみたいなものだから……ここを処分してお金作って、あの人に渡して逃げようと思う。あなたの勤務先を話してしまったのは私のせいだけど、今度あの人が会社に現れたら警察を呼んででも絶対に逃げるのよ。いいわね？　まともに話し合おうなんて思っちゃダメよ⁉」

話の内容が重すぎて、目眩《めまい》がしてきた。正直、どうしたらいいか分からない。

——こんなこと、ますます公章さんになんて言えないよ。

お金を要求して暴力まで振るう人が、もし公章さんの存在を知ったらどうなるか。絶対彼の財力に目をつけて、最悪、彼にお金を要求するようになるかもしれない。

そうなったら、もはや彼と結婚するどころの話ではなかった。

——公章さんに迷惑をかけるなんて、絶対に耐えられない……‼

なんとしても彼に火の粉《こ》がかからないようにする。そのためには、私は彼の側にいない方がいいのかもしれない……

自分で導き出した結論に、地面にめり込んでしまいそうなほど体が重くなった。

七

母の店から、どこをどう歩いて帰宅したのかほぼ記憶がない。気がついたらちゃんと久宝邸に到着していた。玄関を開けると、そこに見たことのない女性の靴が置かれている。

――ん？　誰だろう……

疑問に思いながら部屋の中に入ると、リビングから掃除機の音が聞こえてきた。よく考えたら今日はいつもより帰宅時間が早かったことを思い出す。

――あ、もしかして。

リビングのドアを開けると、そこにいたのはふくよかな体型をした年配の女性だった。女性は突然姿を現した私に驚き、すぐ掃除機のスイッチを切る。

「もしかして、公章坊ちゃんの婚約者様でいらっしゃいます⁉」

掃除機を静かに床に置き、私に微笑みかけたその人こそ、件《くだん》のスーパー家政婦・佐々木さんだ。

「婚約者様」という言葉にドキッとしたけれど、ここで戸惑ったらきっと相手が不審に思う。

私は、とりあえず平静を装《よそお》って話をすることにした。

「は、はじめまして。宗守沙霧と申します」

その場で一礼すると、私が頭を上げるのと入れ替わりで佐々木さんが頭を下げた。

「はじめまして。佐々木と申します。それと申し訳ありません、今日は私の都合で午後から伺うことになってしまって……五時までには仕事を終わらせますので」

今は午後四時過ぎ。普段なら佐々木さんはもう仕事を終えて帰っている時間だ。

「いえ、大丈夫です。今日は所用で半休を取ったせいで帰宅が早まっただけなので……あ、でも私、佐々木さんに一度会ってみたかったので、とっても嬉しいです。以前作ってくださった常備菜がとっても美味《おい》しくて、作り方を聞いてみたいなって思っていたんです」

「まあ……ありがとうございます!! そんな風に言っていただけるなんて、私もとっても嬉しいです！ よろしければ今度レシピをお持ちしますよ」

今度、と言われて胸がチクッと痛んだ。

――今度か……もしかしたらその時、私はもうここにいないかもしれないけど……

「ありがとうございます！ 楽しみにしてます」

柔らかく微笑む佐々木さんを前にして、本当のことなど言えるはずがない。

気持ちが沈みかけた時、「それにしても」と佐々木さんが明るい口調で口を開いた。

「あんなにきっぱり結婚願望がないと言っていた公章坊ちゃんが、突然結婚に前向きになられたと聞いて、私、本当に嬉しかったんですよ」

にこにこしながら、佐々木さんは手にした台拭きでテーブルを拭き始める。

「……佐々木さんにまで言ってたんですか？　公章さん……」

「妹さんが結婚された後、次は坊ちゃんですねと何気なく言ったら、『私は結婚なんかしないよ』って。よっぽど女性関係で嫌な目に遭われたのかと心配していたんですが、杞憂《きゆう》でしたね。こんな可愛らしい方を見つけてこられて。一緒に住むことにしたんだ、って私に報告してくれた時の坊ちゃんの嬉しそうな声を聞いて……心底よかったと安心しましたよ」

まるで実の親のように嬉々として語る佐々木さんは、本気で公章さんと私の婚約を喜んでくれているのだと分かる。

——さすがに、お試しで結婚生活をするため……なんて、話せるわけがないよね。

「沙霧様、どうか坊ちゃんのことを、よろしくお願いしますね。しっかりしているようで、たまにすごく落ち込んでいたりするんですよ。そんな時は、話を聞いてあげてくださいね。それだけですっきりすると以前仰《おっしゃ》っていたことがあるので。……坊ちゃんは、本当に、とてもお優しい人なんですよ」

佐々木さんが言ったことに、思わず深く頷いていた。

彼が優しいことは、私もよく知っている。

でも、今の私にその言葉は、嬉しくもあり、切なくもあった。

「そう言っていただけて嬉しいです……でも私、全然公章さんと釣り合うような人間じゃないんです。家柄は普通だし、ただの事務員ですし……だからまだ、この状況に戸惑いがあって……」

気さくでほんわかした佐々木さんの雰囲気のせいだろうか。言うつもりなどなかったのに、つい言わなくてもいいことを口にしてしまう。

するると、佐々木さんが掃除の手を止めて、歩み寄ってきた。

「沙霧様。そんなことは気になさらなくていいのですよ。公章坊ちゃんは、そういうことを全てひっくるめて沙霧様のことを好きになったのだと思います。でなければ、ご家族やご親族以外の女性をこの家に入れるはずありません。まして、一緒に生活しようなんて思わないはずですから」

佐々木さんが言ったことが頭の中でこだまする。ということは、つまり……

「……え？　じゃあ、公章さんはこの家に女性を連れてきたことは……」

「ないですよ!!　少なくとも私がこの家で家政婦を始めてからは一度もありません」

――そうなんだ。ここへ来たことがある女性は、ご家族やご親族以外で私だけなんだ……

「そう……なのですね……」

「はい。なので、沙霧様はもっと自信を持っていいと思いますよ。……あ、もうこんな時間だわ！　急いでお掃除終わらせますね」

テーブルを拭き終えた佐々木さんが再び掃除機を手にした。私は、佐々木さんの仕事を邪魔しないように階段を上がる。

自室に入りドアを閉めた私は、バッグの中から封筒を取り出し、中身を確認して深いため息をついた。封筒の中身はお金だ。母のところに行った帰りに銀行へ寄り、二百万円下ろしてきた。

母はああ言っていたが、さすがに店を売ることを、見過ごすわけにはいかない。

もし私のところにまた母の交際相手がやって来たら、お金を渡すのと引き換えに母と別れるよう要求する。それで相手が引かなければ、最悪警察に相談するしかない。

封筒の中のお金を見つめて、私は苦く笑う。

自分で決めたこととはいえ、とてつもない虚しさが私を襲った。

この十年間、慎《つつ》ましく暮らしながら貯めてきたお金は、決してこういったことに使うためじゃない。それなのに、なんでこんなことになってしまったのだろう。

——でも、あんな母親でも見捨てるわけにはいかないから……

大きなため息をついてから、その封筒を再びバッグに戻そうとした時、部屋のドアをノックされ、飛び上がりそうになる。

「はいっ⁉」

「沙霧様、よろしいですか？」

声の主は佐々木さんだ。

「はい、どうぞっ」

封筒をバッグの中に突っ込んだのとほぼ同時に、ドアの隙間から佐々木さんが顔を覗かせる。

「よろしければ、沙霧様のお部屋も掃除機をかけさせていただこうと思いまして……」

「え？　いいのですか？」

「もちろんです。坊ちゃんのお部屋と寝室は承諾を得ておりますので、お掃除に入らせてもらっていますが、沙霧様のお部屋はきちんと承諾を得てからと思いまして。これまで申し訳ありませんでした」

恐縮しながら掃除機を抱えて部屋に入ってきた佐々木さんに、私も恐縮してしまう。

「そんな……むしろ気を遣わせてしまい申し訳ありませんでした。ここに見られて困るようなものは何もありませんので、どうぞどうぞ」

「では、早速失礼いたします」

スティック型の掃除機とバケツと雑巾を手にした佐々木さんは、テキパキと掃除を始めた。床に掃除機をかけるだけでなく、普段あまり手が回らないような窓枠まで、きっちりと掃除してくれるのはさすがとしか言いようがない。

彼女のお掃除テクニックに惚れ惚れしていると、あっという間に掃除を終えた佐々木さんが、全ての荷物を持って階下に移動していった。着替えを終えた私がリビングに戻ると、ちょうど片付けを終えた佐々木さんが帰り支度をしているところだった。

「では、私はこれで失礼いたしますね。沙霧様、公章坊ちゃんのこと、どうかよろしくお願いいたします」

再び深々と頭を下げられてしまい、複雑な気持ちを抱えつつ頷いた。

「……はい、私でよければ……」

答えた後すぐに、もしかしたらこの家から……いや、公章さんの前から姿を消さなくてはいけないのに……と、考えて胸が苦しくなる。

すると、佐々木さんが私に近づき、肩の辺りをポンポン、と叩いてきた。

「何か困ったことがあったら、遠慮なく公章坊ちゃんに相談するといいですよ。一人で悩んだりせず……ね？」

「……え？　佐々木さ……」

「では」

聞き返そうとしたら、佐々木さんは笑顔のままリビングから出て行ってしまった。

——佐々木さん？　なんであんなことを……？

考えたけれど、結局、答えは浮かんでこなかった。


そしてその夜。

私は、母から送られてきたメッセージに凍り付くことになる。

【ダメ元で彼と話し合ってみたけど、別れる交換条件としてお金要求されちゃった。やっぱりここを売って、そのお金を彼に渡そうと思う】

夕食を食べ終えて、これからお茶を飲もうとソファーに腰を下ろした時、メッセージが送られてきた。

私にお金の無心《むしん》をしてくるのはまだいい。それよりもっと怖いのは、母や母の交際相手に公章さんの存在を知られることだ。

万が一私を飛び越えて彼にお金の無心《むしん》を、なんてことになったら……

想像しただけで、背筋がゾッとした。

こうなった以上は、とにかく、公章さんにこのことを知られる前に、話を付けなくては。もし、それが無理でも、私が彼の前から姿を消せばどうにか、迷惑をかけることは防げる。

姿を消す。それはつまり、彼との関係を解消するということだ。

——彼と、別れる……

それを思うと、信じられないほど胸が苦しくて、切なくなる。

人生で初めて愛した人。これから先もずっと一緒にいたいと願った人。

そんな公章さんと、別れなくてはいけないなんて。

——やっぱり、私には分不相応な相手だった、ということなのかな。

公章さんと出会ってからの日々は、これまで頑張ってきた私に神様が見せてくれた幸せな夢なのかもしれない。そして夢は、いつか覚めるものなのだ。

もはや諦めの境地。

成人して独り立ちすれば母とはもう関係ないと思っていたけど、親である以上、そういうわけにはいかない。私がスマホをじっと見つめていると、隣にいる公章さんに声をかけられた。

「沙霧？　どうかした？」

「あ……いえ、なんでもありません。ちょっと母から連絡があって……」

視点が定まらないまま聞かれたことに答えると、何故か公章さんの表情が険しくなった。

「お母さん？　もしかしてお母さんに何かあった？」

ズバリ指摘され余計に焦る。

「いえ、ただの定期連絡みたいなものです……！」

「沙霧」

名を呼ばれて彼を見ると、いつにも増して真剣な表情の公章さんにビクッとする。

「このところ、ずっと何か思い悩んでいるだろう？　君の変化に私が気づかないとでも思ってる？」

思わず公章さんから目を逸らし、必死で考えを巡《めぐ》らせる。

だけど、公章さんに納得してもらえる答えは浮かんでこない。

「あの……ごめんなさい。……でも、これは私と母の問題なので、大丈夫です。公章さんにご迷惑はかけませんから……」

「沙霧、違うだろう」

いきなり隣から手が伸びてきて、私の手をぎゅっと掴んでくる。

「君のお母さんは、この先私の義母になる人だ。無関係じゃない。だから、お母さんのことで何か困ったことがあるのなら、遠慮なく私に話してほしい。それが夫婦になるということだろう？」

「き、公章さん……」

彼の言葉が嬉しくて、何も言えなくなる。

確かに夫婦になるというのはそういうことなのかもしれない。だけどやっぱり、私は好きな人を今まで自分がそうだったように親のことで煩《わずら》わせたくない。

「……ありがとうございます、公章さん。でも、全てお話しするのはもう少しだけ待ってもらえませんか。もうすぐ解決する予定ですので……」

私がこう言うと、公章さんはしばらく私を見つめたまま黙っていた。でも、私がそれ以上語らないことを察知すると、一度ため息をついてから私を抱き締めてきた。

「分かった。沙霧を信じるよ。でも、本当に無理だけはしないでくれ。君も、君のお母さんも」

その口ぶりから、公章さんはもしかして何か知っているのでは？　と一瞬勘ぐってしまった。

――なんて。そんなはずないか……

「分かりました。ありがとうございます、公章さん……」

彼の胸に抱かれながら、改めてこの人の優しさを思い知る。そしてやはり、こんな優しい人を困らせたくないと、自分の気持ちを再確認することになった。

彼に迷惑をかけるくらいなら別れる。それ以外の方法は思い浮かばなかった。

翌日、いつものように出勤した私は、表向き淡々と仕事をこなし終業時間を迎えた。

バッグの中にある封筒を見つめ、私は昨晩の公章さんを思い出す。

——私のことを信じると言ってくれたこと、嬉しかったな。

家族以外の人に信用してもらえることがどれほど嬉しいか初めて知った。

願わくば、これからもずっと一緒にいたい。けれど、それは難しいだろう。

早朝に母から送られてきたメッセージを読んで、いろいろと諦めがついた。

メッセージの内容は、昨夜話し合いをした後から恋人と連絡がつかないらしく、もしかしたらそっちへ行くかもしれないから、逃げて、というものだった。

母はしきりにごめん、とメッセージを送ってきたが、勤務先がバレている以上、ここで決着をつけるしかないだろう。おそらく、母の恋人は会社の外で私のことを待ち伏せしているに違いない。

あの男と直接対決することを思うと、やはり怖さはある。でも、いざとなったら会社に逃げ込んで助けを求めればいい。

——逆に会社に来てもらえてありがたい。その方が好都合だわ。

私はバッグを肩にかけ、事務所を後にした。会社の門を出たところで周囲を見回すと、案の定、会社の壁に背を預け、スマホを弄《いじ》っている男がいた。ダメージジーンズに、カーキのブルゾンを羽織った男は、岡部と名乗った母の恋人だ。

この間は余裕がなかったから気づかなかったが、よくよく見ると横顔はわりと整っていて、はっきりいって母が好きそうな顔だと思った。

私が立ったまま眺めていると、ずっとスマホに視線を落としていた男が私に気づく。その瞬間、分かりやすく表情が明るくなった。

「ああ、来た来た。待ってたんだよ」

男が笑顔でこちらに歩み寄ってくる。

「何かご用ですか」

目的は分かりきっているが、一応尋ねる。

「そんなの決まってるだろう？　この間言った金だよ。由子さんがもう出せないって言うんでね。君に代わりに出してもらおうと思って」

「その件についてはお断りしたはずですが」

きっぱり断ると、男性が苦笑する。

「そう言われてもね……由子さんがダメなら君しかいないんだよなあ。ちょっとでいいんだよ、ほんのちょっと！」

至近距離まで顔を近づけてくる男性に、嫌悪感を抱く。

ついさっきまでは、金を渡して母と手を切ってくれるなら仕方がないと諦めていたが、やっぱりこんな奴に渡したくないと思ってしまう。

「……っ……最低……」

手をぎゅっと握りしめて、目の前にいる男を睨《にら》み付けた。でも、相手は痛くも痒《かゆ》くもないとばかりにケラケラ笑っている。

「そうだね、最低だね。でも、こんな最低なヤツを好きになったのは君のお母さんだからね！」

まったくもってその通りだから、何も言えない。

――お母さん、本当に男見る目ない。もしこの人と結婚してたら、絶対バツ六決定だったよ。

自分の状況も忘れて、母を恨めしく思う。だが、次の瞬間、いきなり男性に腕を掴まれた。

「立ち話もなんだし、ちょっとどこか入ろうよ。そこで今後のことをゆっくり話し合おうか？」

「ちょっ……放してください！　私には話すことなんか何もありません！　むしろ、もう私達に関わらないで」

「まあ、そう言わずにゆっくり話そうよ。ほら、お金のことはこういう場所では話しにくいだろう？」

下卑《げび》た笑みに反吐《へど》が出る。それに、掴まれているところが滅茶苦茶痛い。

――最低。最低。やっぱり男なんて……!!

「放してくださいっ、誰か――!!」

もうじき工場で作業を終えた社員達がここを通るはず。それに望みをかけて、声を張り上げる。

「おい、黙れって。変に思われたらどうするんだよ！」

慌てた男性が私の腕を引く力を強める。足を踏ん張って耐えるけど、一歩、二歩と彼の方に引きずられてしまう。

私が顔を歪《ゆが》めながら抵抗していると、いきなり手の痛みが消え、私と男性の間に誰かが立ち塞がった。

——え……？

「私の妻からその汚い手を離せ」

私の目の前にある大きな背中は見慣れたあの人と同じ。でも、その人が口にした言葉は、聞いたことがないくらい怒りに満ちている。

「き、公章さん!? なんで、ここに……」

肩越しに私を振り返った公章さんの表情は、驚くほど険しかった。

「なんでって、妻となる女性の窮地《きゅうち》に夫が駆けつけるのは当然だろう。言いたいことはたくさんあるが、とりあえずはこの男だ。私の妻を脅して、ただで済むと思わないことだ」

公章さんが私のことを妻と呼んだ。それに驚いたのは私だけじゃない。目の前にいる母の恋人も、私と同じように目をパチパチさせている。

「つ、妻ぁ!? 娘は独身だって聞いていたのに……結婚してたのかよ!?」

「いや、えっと、それは……」

説明しようとしたら、ちょうど工場の方から仕事を終えた男性社員が数名出て来た。それに気づいた母の恋人が、顔をしかめてチッと舌打ちをする。

「くそっ……人が来やがった」

そう言って逃げようとする男にハッとする。

「ちょっと、待って！」

バッグの中から封筒を取り出し、彼に見せようとした。

これを手切れ金として、母とはもう縁を切って。

そう言おうとしたら、封筒を持つ手を公章さんに掴まれた。

なんで、と彼を見る。でも彼は、私と視線を合わせ小さく首を横に振った。

「沙霧。それはだめだ」

「公章さん!?　どうして……」

「なんだ、ちゃんと用意してるじゃねえか！」

私の手にある封筒に気がついた男が、こちらに戻って来て封筒を奪おうとする。しかし、すんでのところで公章さんが封筒を奪った。

「これはお渡しできませんね」

「ああ？」

あからさまにこちらを恫喝《どうかつ》する男に、公章さんが冷たく言い放つ。

「これが必要だと言うなら、改めて場を設《もう》けるから来たらいい。もし来ないなら、こちらもしかるべき対応をさせていただこう。私は、今、ここに警察や、弁護士を呼んでも構わないのですが、どうする？」

「どうするって……」

公章さんの態度に、さっきよりも男の腰が退けている気がした。

「一応これでも、穏便に済ませようとしているんですよ。あなたは、妻のお母様の恋人みたいですしねぇ。でもここは、彼女の勤務先です。騒ぎを起こされるのは迷惑なんですよ……」

身長のある公章さんから威圧的に見下ろされ、男がビクッと肩を震わせた。

「……っ、また来るからな」

男は私を見てそう捨て台詞《ぜりふ》を残し、走り去って行った。姿が見えなくなって、ようやく私はお腹の奥から息を吸うことができた。

――助かった……

ホッとして体から力を抜くと、隣から「まったく……」という公章さんの呆れ声が聞こえた。

「ああいう人間は、お金を渡したところで、こっちの言い分に従ったりしない。下手《へた》をしたら、君が次の金ヅルになることになる」

「だって……じゃあ、他にどうすればよかったんですか？　母にはもう出せるお金はないし、このままじゃ母は仕事も住むところも手放すことになるかもしれないのに、黙って見てるなんて……」

「とにかく、金を渡すのは得策じゃない。第一、沙霧がこれまで頑張って貯めたお金をあんな奴に渡すなんて、私が耐えられない」

いつも穏やかな公章さんが本気で怒っている。

それを感じ取って、私は居たたまれなくなった。

「公章さんは……どうして、ここに？　それに、なんで私があの人にお金を渡そうとしていることを知っているんですか……」

この件について、私は彼に一言も話していないのに。

私の頭の中がクエスチョンマークで埋め尽くされそうになった時、彼が私の手を引き歩き出した。

「駆けつけるのがギリギリになってすまなかった。実は、払田工業さんの駐車場に車を置かせてもらうために社長へ挨拶《あいさつ》しに行ったら、思いのほか社長の話が長くて……」

早足に客用の駐車場へ行くと、そこに見慣れた公章さんの車が置いてあった。

「……あの、だからなんで公章さんが会社に？　どうしてあの男がここに来ることを知って……」

「順を追って説明していこうか。まずお金の件だが、君が大金を用意していると気がついたのは佐々木さんだよ。昨日会ったんだろう？」

話しながら車に乗り込みシートベルトを装着すると、公章さんはすぐに車を発進させる。

「はい、確かに昨日お会いしました。でも、私お金のことなんて何も……」

「佐々木さんが、掃除のために君の部屋へ入った時、君のバッグから銀行の封筒が顔を出しているのを見てしまったらしい。沙霧のどこか思い詰めた様子と合わせて、彼女なりに思うところがあったのだろう。心配して私に連絡がきたんだ」

「……佐々木さんが」

「そう。そこへきて昨夜、お母さんからのメッセージを見て固まっていたろう？　それを見てピンときたんだ。これは、お母さん絡みで何かあったな、と」

私は昨日の行動を思い返してみる。確かに佐々木さんが私の部屋に来る前、銀行で下ろしてきたお金の入った封筒を確認していた。その時、佐々木さんに声をかけられて、慌ててバッグの中に入れた。……もし見えていたとしても、ほんのわずかのはずだ。

――佐々木さんの観察眼、すごすぎる。

「……え、でも、それだけでどうしてここに？　なんで公章さんは、私が母の恋人にお金を渡そうとしてるって知って……」

「ごめん。実は、払田工業の社長から君のお母さんの住所を聞いて、今日お母さんに会ってきた」

「……は？」

どうしてそんな勝手なことを、と思わず公章さんを睨《にら》んでしまう。そんな私を見た公章さんが気まずそうに肩を竦《すく》めた。

「勝手なことをして悪かった。でも、君は絶対私にお母さんのことを話さないだろうから、こうでもしないと事態を把握するのは難しいと思ったんだ」

「そ、それで……母と何を話したんです⁉　まさか、公章さんの素性を明かしたりとかは……」

「もちろん明かしたさ。当たり前じゃないか」

「～～～っ‼」

けろりとしている公章さんを見たまま、私は言葉を失った。

——母にだけは公章さんのことを知られたくなかったのに……!! まさか自分から素性を明かしてしまうなんて……

「……なんてことを……私、母には絶対に公章さんのこと知られたくなかったのに……！」

両手で顔を覆《おお》って嘆いていると、隣から「どうして？」という声が聞こえた。

「それはどういう意味で……？ まあ、それは一旦横に置くとして、今、事情があって私の家で沙霧と暮らしているとお母さんに言ったら、さすがに驚いていた。でも、最近沙霧の様子がおかしい、何か知っていることはありませんかと尋ねたら、ここ数日に起きたことを全て話してくれた。そして、『沙霧を助けてやってくれ』と言われたんだ。だから私は、急いで払田工業に向かったんだよ」

「……母は、公章さんのことを知って驚いていませんでしたか？ その……家のことや肩書きなどについて……」

恐る恐る尋ねる私に、公章さんは表情を変えないまま言った。

「名刺をお渡ししたのだけど、特に驚いたりはしてなかったかな。そんなことより、沙霧のことが心配で仕方がないように見えたよ」

「母が……ですか？ 本当に？」

意外だった。

母が公章さんのことを知ったら、飛び上がるくらい驚き、且つものすごくはしゃいで絶対に逃がしちゃダメ、くらいのことを言うと思っていたのに。

「ああ。あまりにお母さんが不安そうだったから、早めに話を切り上げて払田工業に向かったんだ。なのに、車を駐めさせてもらうために社長へ電話をかけたら、わざわざ駐車場まで出向いてこられて……余程、君と上手《うま》くいっていることが嬉しかったらしく、話が止まらなくてね。気がついたら君が外に出て行くのが見えたから、焦ったよ。間に合って本当によかった」

「き……公章さん……」

私が勝手に思い詰めて、どうにか一人で全部終わらせようと考えていた時に、この人は私のちょっとした変化を敏感に感じ取り、私のために動いてくれた。

本当にこの人は、なんて人なんだろう……

彼に対する気持ちが溢れ、胸がいっぱいになってきた時。彼が昼間から動いてくれたことを思い出した。

「あっ……！　き、……公章さん、今日お仕事は……」

企業の重役というポジションにいる彼は多忙だ。それなのに私のために時間を使わせてしまって申し訳ない。そんな気持ちで彼を見る。しかし彼は表情を変えず、淡々としていた。

「朝出社して最低限の指示は出してきたよ。何かあれば連絡が来るから、心配はいらない。……というより大事な人の一大事に仕事とか言ってる場合じゃないだろう。もし万が一、君がさっきの男に何かされていたら、私は仕事を優先したことを一生悔やんだに違いないからね」

涼しい顔でハンドルを握っている公章さんだけど、朝仕事をしてから、母のもとへ行ったり、私の勤務先に取って返したりと、きっと大変だったはずだ。それが、全て私のためにしてくれたことだなんて……嬉しさと申し訳なさで涙が出そうだった。

「心配かけて、本当にごめんなさい……」

こんなことになるのなら、初めから全て彼に話しておけばよかった。

そんな後悔が、私を襲う。

だけど、公章さんは前を見たまま、私の頭にポンと手を乗せた。

「謝るようなことじゃない。問題が起きた時協力し合うのは、夫婦なら当たり前のことだろう？」

彼の手のひらの温もりに、ずっと思っていたことが、後から後から溢《あふ》れてくる。

「私、公章さんにはどうしても迷惑をかけたくなかったんです。す……好き、だから……。初めて好きになった人を、私の母のことで困らせたくなくて……」

「やっと本心を言ってくれたね」

公章さんが嬉しそうな声で言うと、私の頭を何度も撫でてくる。

「私はね、沙霧のことが好きだから、迷惑をかけられたって構わない。好きだから、君が困っている時は手を差し伸べたいし、なんだってしてやりたいと思う。私は君と一緒にいられるなら、なんでもいいんだ。良いことでも悪いことでも、常に沙霧に関わって生きていたいんだよ」

「き、公章さん……」

まさか彼が、そんなことを思っていたなんて。

母のことは、自分でどうにかしなければいけないと思い込んでいた。だけど、公章さんが側にいる限り、もう私一人で頑張らなくていい。

そう思ったら気が抜けてホッとして、涙が溢《あふ》れてきた。

私が手の甲で涙を拭いていると、彼の手が何度も私の髪を優しく撫でる。

「私が側にいて君を守るし、何があっても君を助ける。だから、私と結婚してずっと側にいてくれないか」

それは、この前言ってくれたプロポーズよりも、もっと素敵なプロポーズ。

私の中に、返事を迷う余地はまったくなかった。

「はい……よろしくお願いします」

「ありがとう、沙霧」

運転席の公章さんは、嬉しそうに微笑み、また私の頭を撫でてくれた。


この日の夜。早めにベッドに入った私達は、引き寄せられるように身を寄せ合うと、激しくお互いを求め合った。

「あ……は、あっ……きみあきさんっ……」

生まれたままの姿で抱き合いながら、貪《むさぼ》るようにキスを繰り返す。

一時は別れを覚悟した愛する人。その人と、これからもずっと一緒にいられる。

それが嬉しくて、震えるほど幸せだった。

「沙霧……っ」

キスをしながら、公章さんが私の乳房を激しく揉む。時折、思い出したように先端を指で強めに摘まれると、電気が流れるみたいな快感に襲われ大きく腰が揺れた。

「あんっ……！」

「沙霧、可愛い。私の沙霧……」

一旦唇を離した公章さんに「後ろを向いて」と言われて、その通りにする。

「挿《い》れるよ」

うつ伏せになっているところに声をかけられてすぐに、私の中へ彼が入ってきた。

私の中を大きな存在が埋めていく。浅い呼吸を繰り返しているうちに、彼が最奥《さいおう》に到達した。

「あ……!!」

――なんか、いつもと違う……!!

後ろからだと、正常位で突き上げられる時とは、当たる場所が違う。それに驚いてしばらく身を任せていると、今度はぐりぐりと奥に屹立《きつりつ》を擦りつけられる。

「んッ……は……」

当たるところ全てが気持ちよくて、無意識に彼を締め上げる。しばらく探るように場所を変えつつ奥を擦っていた彼が、やがて激しく腰を打ち付け始めた。

「あん、あ、ああっ……!!」

息をつく暇もない抽送《ちゅうそう》に、徐々に頭の中が白くぼやけてくる。

――気持ち、いいっ……!

後ろに腕を引かれ上体を起こされると、背後から彼の手が伸びてきて、私の乳房を掴む。大きな手が乳房を包み、指で先端を擦り合わせるようにして更なる快感を与えられる。

「ああっ……も、だめ……!!」

二カ所を同時に攻められて、快感が高まる速度が一気に増す。

「もう……？　沙霧は本当に感じやすいな……！」

そう言いながら、公章さんは腰を動かす速度を緩めない。

「やっ……だっ、て、気持ち、いい……から……っ」

「イく時は一緒にいこう……ね？」

そう言って、公章さんが一旦私から自身を引き抜く。そして、今度は正常位で抱き合いながら、再び私を貫いた。

「あ……、ん……っ!!」

「沙霧」

上体を寝かせ、私と体をくっつけながら突き上げてくる公章さんと、何度もキスを交わす。お互いに舌を出して溢《あふ》れる唾液を絡め合った。

吐息ごと混じり合うようなキスをしながらの挿入は、やけにエロティックで、いつもより感じてしまう。もっと彼が欲しいと、思わずにはいられなかった。

「公章さんっ……もっと、欲しいっ……」

彼の首に腕を回しながら言うと、中にいる彼の質量がぐっと増したような気がした。

「……そんなこと言われたら、優しくできないだろっ……？」

速度を上げた公章さんに激しく突き上げられ、一気に快感が高まる。

「あ、あああぁッ……!!」

——公章さん、好き……大好き……!!

「沙霧……愛してるっ……」

「わた、しもっ……あ、あ——っ!!」

私は彼に強くしがみつき、最高に幸せな気持ちで絶頂を迎えた。

そのすぐ後に彼も達し、ぐったりと私の上にのしかかってきた。

——今、私、最高に幸せ……

愛する人と一つになれた悦《よろこ》びと、ずっと一緒にいられるという喜びに浸《ひた》りながら、私達はしばらくの間ずっと抱き合っていた。

その後、私達はリビングに移動して母のことを話し合うことにした。

「これから、どうしたらいいんでしょう。会社にまた来られても困るけど、このままだと、母が店を処分してお金を工面《くめん》しそうで、それが怖いです……」

住むところも働くところもなくしてしまったら、母はどうなるのか。それを考えたら不安で仕方がない。ソファーに腰を下ろした私の胸が、不安で押し潰されそうになる。

しかし、コーヒーを手に私の隣へやって来た公章さんの表情は、さほど深刻そうに見えない。

「まあまあ、落ち着きなさい。それに関して、今知り合いに調査を依頼しているところだから。たぶん、もうじき連絡がくるんじゃないかな」

「調査を依頼って……興信所みたいなところですか？」

「まあ、そんなところだね。あ、噂をすればなんとやらだ」

公章さんは震えだしたスマホを手にすると、すぐに耳に当て話を始めた。

「ああそう。ありがとう。うん、じゃあ送ってくれる？　またよろしく頼むよ」

短い会話を終えると、公章さんは自分の部屋からノートパソコンを持ってきて操作を始める。どうやら、送られてきたデータを画面に表示しているようだった。

「ほほう……何かあるだろうと思っていたけど、想像以上だったな」

画面を見つめる公章さんが、顎《あご》に手を当て頷く。その様子を見ていると、あまり驚いているようには見えないが。

「想像以上って……あの人、母との間以外にも何か問題を……？」

「うん。これによると、お母さんは彼の本当の姿を知らなかったようだね。彼、普通に一般企業に勤務しているみたいだよ」

その話の中、ある部分に引っ掛かった。

「……え？　企業に勤務……？　ちょっと待ってください、私、母からその人、お店をやってるって聞いたんですけど!?」

「店をやってるのは彼の身内だね。経営状況はあまりよろしくないな。彼が会社勤めをしていることは間違いない。それに、ここからが重要なんだけど、彼はすでに結婚していて妻子がいる。子供は数人いて上の子は十八歳らしい。君のお母さんは、あの男に騙《だま》されていたということになるね」

「ほ……本当ですか、それ……!!」

まさかの事実にくらくらして、ソファーに倒れ込んでしまった。

——お母さん……あなたって人は……五度目の離婚の際、今度もし人を好きになるなら今まで以上に慎重に選んでくれって、あれほどお願いしたのに……!!

想像以上にダメージが大きくて、なかなか体を起こすことができない。そんな私の背中を、公章さんがポンポンと優しく叩く。

「まあまあ。こういう輩《やから》はね、嘘がバレないように巧妙な手を使うんだよ。だから、お母さんが気づかなかったのも仕方がない。悪いのは、相手の気持ちに付け込んで悪事を働いた、男の方だ」

どうにか体を起こした私は、パソコン画面を見ている彼の隣でため息をついた。

「公章さん……私、母にどう伝えたらいいんでしょう。どうすればこの男と母の縁を切ることができますか……」

項垂《うなだ》れる私に、パソコン画面から顔を上げた公章さんが、ニコッと爽《さわ》やかに微笑んだ。

「心配には及ばない、なんとかなるよ。でも、これを機に君のお母さんには少し反省してもらわなくてはいけないね」

「反省、ですか……」

私は頬笑む公章さんを見つめ、首を傾げたのだった。


翌日、公章さんは二日続けて仕事を休むわけにいかないため、仕事終わりに母のもとへ向かうことになった。もちろん母にだけ話をしても問題の解決にはならないので、母に頼んで恋人にも店に来てもらうよう段取りをつけた。

しかしその前に、私は私で、あることの対応に追われていた。

というのも、昨日の会社の前でのやり取りを数名の社員が見ていたことで、私と公章さんのことが社内中に広まっていたのである。

しかも、それを煽《あお》ったのが社長で、私は反論できない状況だった。

工場の社員に公章さんとのことを根掘り葉掘り聞かれた私は、とりあえず今お付き合いをしている人だとだけ説明し、どうにか事務所に逃げ込んだ。しかし、今度は噂を聞いた香山さんに捕まり、結局全ての経緯を説明することになってしまった。

そもそもは社長経由でのお見合いで出会い、お付き合いすることになった……と説明を終えると、香山さんは嬉しそうに笑いながら、何故かデスクを力一杯バンバン叩いていた。

「ちょっとー、宗守さーん？　水臭いにもほどがあるんじゃない⁉　喜ばしいことなんだから、もっと早くに教えてくれてもいいのに……あの時の相談は、宗守さん自身のことだったのね？」

怒っているのか喜んでくれているのか分からなくて、つい謝ってしまう。

「す……すみませんでした‼　でも、最初は私も、まさか付き合うことになるとは思っていなくて……その、相手の気持ちがそのうち冷めるに違いないと、思い込んでいたところもあり……」

「じゃあ、相手の気持ちは冷めるどころか、よりいっそう燃え上がった、ってことなのね？」

「……は、はあ……というか、相手の気持ちもそうなんですけど、その私も……相手を好きになってしまったので……」

香山さんには散々「結婚する気ないです」とか言ってきたくせに、まさかこんなことを言う日が来るなんて……と、恥ずかしさと居たたまれなさで自分の指を弄《いじ》りながら視線を落とす。

でも、香山さんはその辺りを指摘したり、からかったりはしなかった。

「宗守さんも久宝さんのこと好きになったのね⁉　よかったわあ……私、早く宗守さんの心をこじ開けてくれるような人が現れないかなって、ずっと思ってたのよ。だって、いくらお母さんにいろいろあったからって、宗守さんが恋愛や結婚に失望するのは勿体ないって思ってたから……」

「か、香山さん……」

「ほんと、良かった……」

目を潤《うる》ませる香山さんに、私の胸が熱くなる。

なんだか知らない間に、私は、香山さんにすごく心配をかけていたらしい。

それを申し訳ないと思いつつ、こんな風に私の幸せを願ってくれていたことが純粋に嬉しかった。

「よかったね宗守さん。久宝さんと幸せになるのよ?」

「……はい……ありがとうございます……」

十年前の自分に教えてあげたい。

今は苦労しているかもしれないけど、十年後、優しい人達に囲まれて、心から幸せを実感できるようになるんだよ、と。

高卒で就職して十年。今日、私は払田工業に入社して本当によかったと心底思った。


終業時間とほぼ同時に、公章さんが車で迎えに来てくれた。

彼の車に乗り込んですぐに、今日は会社が私と公章さんの交際発覚のニュースで持ちきりだったと報告した。すると公章さんが「ははっ、そうか」と軽やかに笑う。

「笑い事じゃないですよ……こっちは顔を合わせる社員にいちいち事情を説明する羽目になったん

ですからね……」

「ごめんごめん。でも、払田社長がそのうち私と君の結婚を会社を挙げて祝うつもりだって仰《おっしゃ》ってたから、たぶん遠くない未来にバラされる予定ではあったんだけどね」

「な、なんですかそれ……!!」

——社長ったら私にはそんなことひとっ言も……!!

「それで、今日はお母さんから何か連絡があった?」

羞恥《しゅうち》に悶《もだ》えている私を、公章さんが現実に引き戻す。

「いえ、ありません。昨日公章さんに指示された通り、お店を閉めてずっとホテルにいるはずです。きっと今頃、モヤモヤしながら私達を待っていると思いますよ」

追い返された恋人が店に来て、母に暴力を振るうようなことがあったらいけないからと、昨日のうちに母にはホテルへ避難してもらっていた。

昨夜、公章さんに頼まれた私が、交際相手との話し合いの場を設《もう》けるよう頼んだ時、母はあまりいい顔をしなかった。

『また話し合うの……?　あの人に、何を言ってもどうせ無駄よ……?』

すっかり諦めモードになっている母をどうにか説得し、今日の夕方、店に来るようメッセージを送ってもらったのだが、母はかなりダメージを受けているようだった。

「お母さんは、これまで男性に騙《だま》されたとか、今回みたいに暴力を受けたことは一度もなかったのかい？」

何気ない問いかけに、これまで母がお付き合いしてきた男性を頭の中に浮かべる。

「そうですねえ……いろんな男性がいましたけど、運良くというかなんというか、そういうことはなかったですね……」

浮気されたり生活費をギャンブルに使われたり、とかはあったけど……と過去にあったことを思い出す。そう考えると、母は結構いろいろと修羅場を経験しているのかもしれないと改めて思う。

――って、娘である私もか。

「本当に、何度嫌な目に遭っても好きな人ができる度に結婚したくなるって言うんですから、ある意味ものすごくポジティブな人ですよね……」

「じゃあ、沙霧はお父さんに似たのかな。その超現実的思考は」

「どうなんでしょうね……私、実の父親のことほとんど知らないので。母から聞いたのは、とにかくチャラくて、時間があるとすぐ飲みに出かけて浮気してたっていう話で……できれば父にも似たくないっていうのが本音です。個人的には、私は祖父母似であると思っています」

母方の祖父母は本当に母の両親なのかと疑問に思うほど、きっちりした超現実主義。奔放《ほんぽう》な娘が結婚と離婚を繰り返す度に、私を心配し、本当の子供みたいに育ててくれた。そのことには、今もずっと感謝している。

「母も、今回のことで少しは懲《こ》りてくれたらいいんですけどね……」

独り言のつもりで呟いたら、「そうだね」と返ってきた。

「将来的に私の義母になる方だが、今回ばかりはちょっとは反省していただかないといけないかな……沙霧に大事な貯金を下ろさせたり、迷惑をかけたわけだし……」

ハンドルを握ったまま呟く公章さんの顔が険しい。

それは、母の恋人から助けてくれた時のような表情だった。

――もしかして公章さん、怒ってる……？

普段あまり怒らない人が怒ると、怖さが増すのは何故だろう。

そして、今回は私の母のことで怒っているので、娘としてはものすごく肩身が狭い。

私は母の店に到着するまで、心の中で何度も「ごめんなさい……」と繰り返すのだった。

私達が店に着くのとほぼ同時に、母の恋人がやって来た。相変わらず格好はラフで若く見える出《い》で立ちだ。

彼は私と公章さんに気づくと、あからさまに怪訝《けげん》そうな顔をする。

「なんだ……あんたらも呼ばれたのかよ。ったく、こっちは忙しいってのに……それと」

母の恋人がじろりと公章さんを睨《にら》み付ける。

「あんた本当に娘の夫？　ていうか関係なくね？」

「いえ、関係ないどころか大ありですよ。その辺もきちんと説明しましょう」

公章さんは男性の鋭い視線などお構いなしのようだった。そんなやり取りを耳にしつつ、私が店の扉を開けると、母がカウンターの椅子に座っているのが目に入った。

「沙霧……と、正《しょう》ちゃん……」

母は恋人のことを正ちゃんと呼ぶのか。

ムスッとしている恋人に視線を送ってから母を見ると、表情は暗い。

別れ話がこじれている二人の間に入ることほど嫌なものはないと実感する。

重苦しい息を吐く私の横をすり抜け、母の恋人が勝手知ったる、といった感じでテーブル席の椅子に腰を下ろした。

「で、話って何？　言っとくけど別れたいなら手切れ金。これだけは譲れないから」

「……っ」

恋人の不遜《ふそん》な態度に、母が苛立った様子でカウンターから立ち上がろうとする。でも、そんな母を片手で制止し、代わりに母の恋人と向き合ったのは公章さんだった。

「今日あなたにわざわざお越しいただいたのは、話し合う前に、いろいろと確認したいことがあったからです。ああ、その前に自己紹介を。私は久宝公章と申します。宗守由子さんの娘、沙霧さんの婚約者です」

公章さんが笑顔で名乗った途端、母の恋人が片眉を上げ、じろりと母を睨《にら》む。

「娘の婚約者……？　そんなのがいるなんて初めて聞いたぞ」

「私だって昨日知ったばっかりよ。まさか沙霧にそんな相手がいるなんて……」

「まあいいや。それで、娘の婚約者さんは一体俺に何を確認したいわけ？」

相変わらず不遜《ふそん》な態度を崩さない母の恋人が、公章さんを睨《にら》み付ける。

「まず一つは……あなたは経営している飲食店への援助という名目で、かなりの金額を由子さんから融資してもらっているようですが、それは本当に経営のためのお金でしょうか？」

「……当たり前だろ。それ以外に何に使うっていうんだ」

分かりやすくムッとする母の恋人に、公章さんは笑顔で語りかける。

「あなたが由子さんに教えたご自分の店はここですよね。隣町にあるスナック。一度、開店前に由子さんを連れて行ったとか。ですが……おかしいですね。私が調べたところ、この店の経営者は女性でした。本当にここは、あなたの経営している店で間違いありませんか？」

公章さんに尋ねられた母の恋人が、一瞬視線を彷徨《さまよ》わせた。

「……そうだっつってんだろ」

「岡部正市《しょういち》、四十三歳。ケーユービー金属に高卒で入社後、鋳造《ちゅうぞう》部門に二十五年勤務……勤務態度は真面目で、今年勤続二十五年を会社から表彰される。その際贈呈された沖縄旅行は家族五人で行ってきた……と社内報に写真が載っていた。これが、その社内報」

公章さんは持っていたブリーフケースから、フルカラーの冊子を取り出し胸の高さに掲げた。

それを見た瞬間、母の恋人が、ものすごい勢いで椅子から立ち上がる。

「……っ!!　なんでそれを……っ、よこせ!!」

手を伸ばして公章さんから冊子を奪おうとした岡部だったが、すんでのところで公章さんがひょいとかわす。その隙に、公章さんが手にしていた冊子を母が奪い取った。

母は真剣な表情で冊子を捲《めく》り、あるページで手を止めた。そしてその記事を食い入るように見つめる母の表情に、みるみる怒りがこめられていった。

「何……これ……正ちゃん、結婚は一度もしたことないって言ってたよね……？」

冊子を持つ手を震わせながら、母が岡部に問う。

「……だから、それは……」

途端にしどろもどろになる岡部に、母の怒りが爆発する。

「私から持ってったお金は何に使ったのよ!!」

母は手にしていた社内報を丸めて岡部に叩きつけると、胸ぐらを両手で掴んだ。

「何に使ったのか言いなさいよ!!」

母にここまで言われても岡部は口を割らない。公章さんがやんわりと二人の間に入り、岡部の代わりに説明してくれた。

「由子さんが彼の店だと教えられたのは、岡部正市の母親の店です。あなたを騙《だま》すために、その日だけ店の鍵を借りて中に入ったのでしょう。で、気になる金の使い道ですが、おそらく子供の教育資金に使うのが目的かと思います。実際、十八歳になる長女が医療系の大学に進学しているので」

「……教育資金……!?　私が渡したお金を、子供の学費に充《あ》ててたっていうの……!?」

母が信じられない、という顔で岡部を見つめる。

この場の雰囲気はもはや最悪。私はただ三人を見つめてハラハラしていることしかできない。

すると、途中から黙り込んでいた岡部がついに口を開く。

「……ああ、そうだよ‼　ふらっと入ったこの店で酒飲んでたら、この女がやけに熱っぽい目で俺のこと見てくるから軽い気持ちで相手してやったんだ。そしたら、こいつすっかり俺にハマって結婚したいって言い出してさ。しかもこっちが聞いてもいないのに、お金はあるから生活の心配はいらないとか言ってきたんだ」

すっかり母をこいつ呼ばわりしている岡部に苛立ちが増す。逆に母は、付き合い出すまでの経緯をバラされて顔が真っ赤だ。

「ちょうど大金を用意しないといけなくて、ついポロッとそのことを話したら『私のお金を使って』って俺に金を押し付けてきたのはこいつの方だぜ⁉　なのになんで俺が家族のことバラされて糾弾《きゅうだん》されなきゃいけないんだよ‼　ふざけんな、こんなババア誰が本気で相手にするかよ‼」

「……っ、ひど……ひどい……‼　私の気持ちを踏みにじって……あんたなんか最低‼」

絞り出すようにそう言うと、母は両手で顔を覆《おお》ってわんわん泣き出した。

私と公章さんは、目の前の修羅場を呆然と見つめる。

「……ああ……だからもう……いわんこっちゃない……」

私が大きなため息をつくと、すぐ近くにいた公章さんは苦笑していた。

「……言い合いになるだろう、とは思っていたけど……正直、男女の修羅場は初めて見たよ」

「……普通は、あまり見る機会なんかないと思いますけど」

「確かに。ああ、そうだ。一つ言い忘れていたが」

公章さんはすっかり開き直っている岡部のもとへ行くと、彼の肩をとんと叩く。

「君の言い分はともかく、これ、立派な詐欺行為だから。これまでのお金がまだ手元にあるなら全額返した方がいい」

「……っ、金なんかもうねえよ!! それより、さっきからなんなんだ、あんた、うちの事情や俺の勤務先まで調べやがって……」

「ああ、まだ名刺を渡していなかったね。私は、こういう者です」

公章さんがスーツのポケットからカードケースを取り出し、その中から名刺を一枚引き抜いて岡部に渡した。

それを見た瞬間、怒りを露《あら》わにしていた彼の表情がビシリと強張《こわば》る。

「……くぼ……え？　久宝って、あの……」

「勝手にあなたの個人情報を調べたことは謝ります。しかし、私も経営者の一人として、グループ企業の社員から犯罪者を出すのを看過《かんか》できなかった。それを理解していただきたい」

「…………はい……申し訳、ありませんでした……」

久宝さんの名刺を見た途端、岡部の勢いが完全になくなった。それどころか顔色が真っ青を通り越して完全に白く燃え尽きている。

この後、さっきまでと別人みたいになった岡部は、がっくりと肩を落とし店を出て行った。

何故、岡部は公章さんの名刺を見て態度を変えたのだろう。

その理由が知りたくて、公章さんのジャケットの裾《すそ》をチョイチョイと引っ張った。

「ん？　なんだい沙霧？」

「あの……今のは一体……？　それに、グループ企業の社員が、ってどういうことですか？」

「ああ、それはね。彼の勤務先であるケーユービー金属は、うちのグループ企業の一つなんだよ。勤務先が分かったことで、社内のデータベース検索ですぐに身元が判明したというわけ……」

彼から明かされた事実に、私は目をパチパチさせる。

「こんなことが、あるんですね……」

「そうだね。おかげで調べる手間が省《はぶ》けたよ。それと、お母さん」

急に公章さんに声をかけられ、母がビクッと肩を震わせる。

「今回は大事《おおごと》になる前に事態を収拾することができましたが、こんなことが今後もまたあるようでは困ります。あなたは一人の女性である前に、沙霧の母親だということを忘れないでいただきたい。もし次に同じようなことがあったら、今度は私も動きません。そして、沙霧との縁を切っていただく。酷《こく》かもしれませんが、私は何よりも沙霧を守りたいので——よろしいですね」

少しトーンを抑えた公章さんの声は、きっとものすごく怒りを抑えた母への警告だ。もちろん、母もそれが分からないほどバカじゃない。

慌てて涙を拭くと、公章さんに向かって深々と頭を下げた。

「はい。はい……もちろんです、異論はありません……本当にこの度は、大変ご迷惑をおかけして申し訳ありませんでした。沙霧にも、久宝さんにも……」

そして母は改めて私に向き直った。

「沙霧、本当にごめん……お母さん、これからはあなたに迷惑をかけないようにするって誓うから……許してくれる？」

珍しく素直に謝ってきた母を前に、少しだけ戸惑い、思わず公章さんに視線を送った。すると彼は、微笑みながら首を軽く傾げる。それは、「許してあげなよ」と言っているように見えた。

「……分かった。その言葉、信じるから……」

そう言うと、公章さんが私の頭を撫でてくれた。

そして、そんな私達を見て、母が申し訳なさそうに笑った。

とりあえず一件落着……ということでいいみたい。

私は肩の上に乗った見えない重りをようやく下ろすことができた。そんな心境だった。

母の店からの帰り道、私と公章さんはずっと、何故あの男性が母と付き合うようになったのかを話し合っていた。

「同じ会社に二十五年も勤めているような真面目な人が、どうして詐欺まがいのことなんて……私には理解できないことばかりです」

「娘の学費に悩んで、魔が差したんだろうな。それに、沙霧のお母さんは年より若く見えるし、色気もあるから。最初はそんなつもりがなくても、あれよあれよというちに……って感じかもしれない。まあ、沙霧一筋の私には、よく分からないが」

「よく分からないって……今、色気あるって言った……」

私がじろっと運転席の公章さんを睨《にら》むと、彼は苦笑いする。

「一般的に見て色気があると思っただけで、他意はないよ。それに、私には沙霧がいる」

——そんなこと言われたら、これ以上何も言えない……

照れて体が熱くなってきた私は、思い切って話題を変えた。

「……で、でも、お金返してくれますかね、あの人」

「そればかりは私も分からないな。岡部が言ったように、まったく手元にない可能性もあるからね。それでも、回収するのかどうかは全てお母さんの判断に任せるよ」

「そう、ですね……」

帰り際の母は意外と冷静で、受け答えもしっかりしていた。だからあまり心配していない。

きっと母にとって最良の方法を選ぶと思う。

——何はともあれ……公章さんのおかげで問題は片付いた。となると、今度は私の番……

「これでようやく、沙霧と私との結婚を具体的に進められるね」

私の思考を読んでいるかの如《ごと》く、結婚のことを口に出す。

「え⁉」

「ずっと結婚の話を進めたかったけど、沙霧の悩みが解消されないうちは無理かなと思ってね。これでも、結構我慢していたんだよ」

にこにこと屈託ない笑みを浮かべる彼に、なんて返したらいいのだろう。

「ご、ごめんなさい……私……あの……」

「大丈夫。君は黙って私に身を任せてくれればいいだけだ。身も、心も……ね？」

その言葉に赤面しない女など、いないと思う。

何言ってんの、この人は‼　って窘《たしな》めたい気持ちもあるけれど、それ以上に私が悩んでいるのを察しても、ギリギリまで口を出さずに我慢してくれていたことを嬉しく思う自分がいた。

「あの………お、お手柔らかにしてください……」

思ったことをそのまま口に出してしまい、しまった！　と後悔する。公章さんはというと、何故かハンドルを握って前を見たまま微動だにしない。

「ご……ごめんなさい！　私、変なこと言っちゃいましたね。今の忘れてください」

「嫌だ」

ハンドルを握ったまま、公章さんがチラリと私に視線を寄越す。その顔は照れているようにも見える。

「そんなこと言われたら、一刻も早く君を抱きたくなってしまった」

そう言うなり、彼は一気に速度を上げて家路を急ぐのだった。

そして——帰宅するや否《いな》や、公章さんは性急に私を寝室に連れ込んだ。

強く抱き締め、唇に触れるだけのキスを何度となく繰り返しながら、彼は私をベッドに押し倒した。

「ちょ……ま、待ってください、ほんとにこんな、いきなり……？」

私の首筋に顔を埋《うず》める公章さんに問う。しかし彼は手を止めることなく、着々と私のシャツのボタンを外し続ける。

「んん？　一刻も早く抱きたいと言ったはずだ。てっきり、覚悟ができているものだと思ったよ」

「覚悟……はちょっとはしたけど、まさかこんなにすぐだなんて……ほら、夕食の準備とか……」

「安心して。今日の夕食は佐々木さんに頼んでおいたから。今から存分に愛し合っても、ご飯の心配はないよ」

——ええ!?　いつの間に……!!　なんでそういうところは抜かりないの……!?

「公章さん、有能すぎるでしょ」

「ふふ。沙霧に褒《ほ》められると滾《たぎ》るな」

クスクス笑いながら、公章さんはボタンを全て外したシャツを私から脱がし、キャミソールを胸の上までたくし上げる。そのまま躊躇《ちゅうちょ》なくブラジャーから零れる乳房にべろりと舌を這《は》わせた。

「んっ……！」

いきなり素肌に感じた舌の感触に身震いする。公章さんは私の反応を窺いつつ、大きな手でブラジャーごと乳房を掴んで、形を確かめるように揉みしだき始めた。

「はあっ……あ……」

乳房が彼の手の中で意思を持っているかのように形を変える。それを視界の端に捉《とら》えた私の意識が、胸元に集中する。

愛撫《あいぶ》は決して乱暴ではない。

けど、溢《あふ》れる気持ちを抑えきれない、という彼の気持ちが伝わってくるようだ。

それが嬉しくて、私は体の奥から愛おしさが込み上げてくるのを止められなかった。

「公章さん……好き」

私が思わず口にすると、彼はピクッと体を揺らし、胸元から顔を上げた。

「……沙霧」

彼の綺麗な顔が近づいてくる。そう思った時には、すでに彼の唇は私のそれと重なっていた。

「……っ、ん……」

いきなり舌を差し込まれ、激しく口腔《こうこう》を蹂躙《じゅうりん》される。それに必死に応《こた》えていると、唇を離した公章さんが私の耳元に唇を押し付ける。

「私も好きだ。愛してる」

愛してる。

甘い声で囁《ささや》かれた言葉は、ものすごい威力で、急激に私から思考力を奪っていった。

――こんなこと言われたら……こっちは何も言えないよ……!!

「……っ、きみ、あきさん……」

「おや、沙霧……顔が真っ赤だね。もしかして照れているのかな？」

「て、照れるに決まってます……」

「そうか。しかし顔を赤らめる沙霧はこの上なく可愛いな。ずっと見ていたい」

公章さんがそう言って、背中のホックをパチンと外した。途端に胸元がフッと浮くように軽くなり、ブラジャーが外されたのだと気づく。

「ひゃっ……は、はやッ……」

早業《はやわざ》に驚いていると、公章さんがすぐに露《あら》わになった乳房の先端に吸い付いた。最初はチュウッと軽く吸うだけだったのが、だんだんジュルジュルと音を立てて強く吸い上げられ、その艶《なま》めかしい光景を直視できなくなった。

「や……あの、そこばっかり……？」

「……ん？　いや？」

いまだ先端を口に含み、飴のように舐《な》めしゃぶる彼に問われる。

「いやじゃ……ないです」

「ん」

今の返事を彼がどう解釈したのかは分からない。でも、この後、更に胸への愛撫《あいぶ》が激しくなった。片側は舐《な》めしゃぶられ、もう片側は指で先端を引っ掻くように弄《いじ》られる。それだけでじっとしているのが難しくなるくらい全身を快感が駆け巡《めぐ》った。

「ん、あ……っ、はあッ……」

どうにかこのむず痒《がゆ》さから逃れようと、腰を捩《よじ》ったり太股を擦り合わせたりする。でも、逃がしても逃がしても与えられるので、はっきりいって、あまり意味はなかった。

それにさっきから、自分の中から蜜が溢《あふ》れてくるのを止められない。その証拠にショーツはもうぐっしょりと湿っている。それが私の羞恥《しゅうち》をいっそう煽《あお》った。

——どうしよう……もう、ショーツ脱ぎたい……

喘《あえ》ぎながら脚を擦り合わせていると、胸から離れた公章さんの手が私のお腹を通って、ショーツに触れた。そのままショーツの中央からクロッチ部分に指を滑らすと、公章さんがピクッと体を震わせる。

「……沙霧」

——絶対、濡れてることを指摘される。

思わず両手で顔を覆《おお》う。すると、その手を掴まれ、無理矢理剥《は》がされた。

「なんで隠す？　恥ずかしいの？　濡れてることが」

「……っ、だって」

「恥ずかしいことじゃないんだから、濡れていいんだよ。むしろ、嬉しくてたまらないな。私でこんなに蜜を溢《あふ》れさせてくれるなんて……」

なんだか公章さんの声が弾んでいる。そう思ったのとほぼ同時に、公章さんが私のショーツを穿いていたパンツと一緒に一気に脚から引き抜いた。そして私の膝を折り曲げＭの形に開脚すると、その間に体を入れ股間に顔を近づけてくる。

「溢《あふ》れた分を、舐《な》めて綺麗にしてあげる」

一瞬ポカンとして、言われた意味を考える。だが、すぐに答えが出て、私は慌てて上体を起こそうとした。しかし、時すでに遅し。公章さんが私の秘部をその肉厚な舌で舐《な》め始める。

その快感は今までの比ではなく、大きく腰が跳ねた。

「あっ――ん‼　や、やだあ……‼」

羞恥《しゅうち》と快感が入り混じって、なんとも言えない感覚に押し潰されそうになった。快感から逃れようとするけど、脚をがっちりとホールドされていて身動きができない。

「ん、あっ……っ、きみあきさん、いや、やめて……」

もう恥ずかしくて半泣きだった。

「やめていいの？　でも、沙霧のここ……どんどん溢《あふ》れてきてるよ」

「……っ」

指摘されると何も言えなくなる。私が黙り込むと、一旦顔を上げた公章さんはクスッと笑い、再び股間に顔を埋《うず》めた。

「今度はこっちね」

彼がそう言って舌を這《は》わせたのは、秘部から少し上にある小さな蕾《つぼみ》。舌先を上手《うま》く使い、ツンと押したり、べろりと全体を使って舐《な》めると、さっき以上の大きな快感が私を襲う。

はっきり言って、腰を浮かせるだけでは到底逃がしきれない。

「ん――ッ!!　や、やだあ、それ……!!」

腰がビクビクと揺れ、私の中の何かが一気に高みに押し上げられた。

――また、アレがくる。

「イキそう？　イッていいよ」

公章さんはそう言って、愛撫《あいぶ》の速度を速めた。そして、蕾《つぼみ》を舌で攻めながら私の中に指を入れ、クチュクチュと音がするくらい浅いところを何度も出し入れする。

「あっ……んんッ……!!　やだ……き、きちゃう……ッ!!」

「いいよ」

彼に蕾《つぼみ》をひときわ強く吸い上げられた瞬間、私の中で何かが弾けた。そして、どっと全身から力が抜けていく。

――あ……

息を乱しつつ、私がくったりしたのを確認し、ようやく公章さんが上体を起こした。

「気持ちよかった？」

「もう……っ、や、やだって言ったのに……!!」

呼吸を整えつつ、シャツを脱ぐ公章さんを睨《にら》む。

「ごめんね。でも、やだと言われると燃える性分なんだよ……知らなかった？」

――知ってた。

「公章さんは、ずるい……」

「ふふ。でも気持ちよかったでしょう？」

「……っ、は……い……」

まだどこか夢見心地で、ふわふわとした気持ちのまま頷く。そんな私を見て微笑んだ公章さんは、一旦私から離れてベッドの端に腰を下ろした。下半身の服を全て脱ぎ捨て、ベッドサイドのチェストから避妊具を取って戻って来た。その顔には、さっきまでの笑顔はない。

「もっと蕩《とろ》けさせてあげたいけど、そろそろ私も限界だ……挿《い》れるよ」

口で避妊具のパッケージを破る様が格好いいと思うくらい、私は彼に身も心も溺《おぼ》れている。それだけは間違いないと自信を持って言える。

「はい……」

大きくそそり立つ彼の屹立《きつりつ》が、ゆっくりと私の中へ沈んでいく。

「ん……」

初めての時はあんなに痛かったのに、不思議と今は全然痛くない。それどころか、私の中を隙間なく埋めていく彼に、心地よさと幸福感でいっぱいになる。

全部を私の中に収めた公章さんが体をぴったり私に寄せ、キスをしてくる。

「沙霧、愛してる」

「……私も、愛してます……」

まさか私が、人生で【愛している】などと男性に言う日が来るなんて。

その事実に、なんとも言えない面映《おもは》ゆさを感じながら、公章さんの突き上げに身を委《ゆだ》ねる。

「ああっ、あ、……は……あ、んんっ……!!」

「……っ、沙霧っ……今日は締め付けが、すご……」

公章さんの表情にいつもの余裕はない。眉根を寄せ、苦しそうな、だけど恍惚《こうこつ》とした表情で何度も私を突き上げてくる。

いつもの笑顔も素敵だけど、こんな顔もやっぱり素敵だ……などと、状況を忘れて彼に見入ってしまう。

「……ん？　何……？」

じっと見つめていたら彼に気づかれてしまった。

「ううん……公章さんは、どんな顔もやっぱり格好いいなって……」

ついポロリと白状したら、珍しく彼の頬が赤らんだ。

「沙霧は、本当に私を煽《あお》るのが上手《うま》いな。……ちょっといいかい？」

「え……？　あ……？」

そう言って彼は一度屹立《きつりつ》を引き抜くと、私をうつ伏せにした。そして再び私の中に自身を埋《うず》め、ゆっくりと突き上げてくる。

「んッ……!!」

一旦奥まで挿入され、そこから少しずつ当たる位置を変えられる。

「あ、あ、あっ……」

擦られるとキュッとお腹の奥が疼《うず》いて、腰の辺りがむず痒《がゆ》くなってくる。しかし、それを繰り返されているうちに、だんだんとそれが快感に変わってきて、思考が奪われていく。

「あんっ……や、これ、だめ……っ！」

気がつけばふるふると頭を左右に振り、あられもなく悶《もだ》えていた。

「……っ、ほんと、可愛いな、沙霧は……喘《あえ》ぐ姿が可愛すぎてたまらない……！」

私の中にいる公章さんの存在感が増す。あれ……？　と思う間もなく、短いスパンで腰を打ち付けられて、私は喘《あえ》ぐことしかできない。

「やッ……あ、あ……だめ……っ、だめ……!!」

意識が遠のくかと思われたその時、公章さんがいきなり私から自身を引き抜いた。

「やっぱりイク時は、顔を見てイキたいからね……」

再び正常位で、奥まで挿入される。そこはもうドロドロに濡れているので、なんの引っかかりもない。そのことに気づいて顔が熱くなってくる。

——恥ずかしい……けど、私も彼の顔を見ながらがいい。

私は手を伸ばし、彼の首に自分の腕を絡める。

「優しくなくていいから……もっと公章さんを感じさせて……お願いっ……」

はしたないと思われるかもしれない。でも、言わずにいられなかった。

彼の素肌は汗ばみ、間近で見る彼の額《ひたい》には玉のような汗が滲《にじ》んでいる。さらさらの前髪は、いつの間にか汗でしっとりと濡れていた。

なんて色っぽいのだろう。こんなに素敵な人が私の恋人だなんて奇跡みたいだ。

「またそういうことを言って……止められなくなるだろ……！」

公章さんの唇が頬に触れ、そのまま私の唇を食《は》む。その間も抽送《ちゅうそう》が止まることはなく、さっきよりも速度が増し、突き上げられる間隔が狭まった。

「ふ、う……あ……んッ……！」

深く息を吸う間すら与えられない。そんな状況の中、さっき達したはずのオーガズムが再びひたひたと迫ってくる。

「きみ、あきさ……また、きちゃう、きちゃうっ……!!」

彼の首にしがみついて、子供のように訴えた。

「……いいよ、何度でもイッて、くっ……沙霧ッ!!」

珍しく本気で余裕がない公章さんにドキッとして、子宮がズクン、と疼《うず》いた。その瞬間、私の中に再び生まれたオーガズムが、一気に頂点を目指す。

「ああああっ、だめ、もうッ……、いっ、く……!!」

公章さんの頭を掻き抱いて、大きく息を吸い込んだ刹那《せつな》。何度目か分からない絶頂を迎えた私は、無意識に中にいる彼をぎゅうっと締め上げる。

「……っ、う……くッ……」

私の顔のすぐ横から呻《うめ》き声が聞こえ、彼の欲望が被膜越しに爆《は》ぜた。しばらくじっとしていた公章さんが、私の体を強く抱き締めてくる。

私はまだぼんやりする頭で、彼の逞《たくま》しい背中を撫でた。

「公章さんも、イッた……?」

「……ああ」

「嬉しい……」

無意識のうちに口から出ていたのは、今の私の本心だ。

心が通い合った人と体を繋げる。それがこんなに幸せなことだったなんて。

この年までそれを知らずに生きてきたのが勿体ないと思ったけど、すぐに違うなと思い直す。

——相手が公章さんじゃなかったら、きっとこんな気持ちにはならないと思うから……

いつの間にかこんなに深く彼を愛している自分に、心の中で苦笑してしまった。

「私も嬉しいよ」

まだ繋がったまま、公章さんが私の唇に優しいキスをくれる。それは、大切な宝物にそっと口づけするような、そんなキス。

【君は私の宝物だよ】

そんな風に言われているような気がして、幸福感で満たされた私は、同じようなキスを公章さんの唇にお返しした。

目を開けると、すごく驚いた顔の公章さんがいて笑いそうになる。

「なんでそんなに驚いてるんですか……？」

「まさかお返しされるとは思わなかったから」

口元を手で押さえて目を逸らす公章さんが、なんか可愛い。

「ふふっ。公章さんも照れることあるんですね。可愛い……」

「その評価は複雑だな……」

ジトッとした視線を送ってきた公章さんだが、私から屹立《きつりつ》を引き抜いて後処理を済ませた後、再びベッドへ戻って来た。しかし、何故か私は、また彼に組み敷かれている……

「あれ？　き……公章さん？　この体勢は一体……」

オロオロしていると、公章さんがいつもの微笑みで私を見下ろしてきた。

「私を可愛いと思えるなら、沙霧にはまだまだ余裕があるようだね。もう少し付き合ってもらおうかな？」

「えッ!?　また……」

「そう、私はまだまだ沙霧が足りない」

首筋に顔を埋《うず》めた彼に、べろりと舐《な》められた途端、背中がゾクゾクする。

「ああっ……!!」

腰を浮かせて悶《もだ》えると、顔を上げた公章さんと目が合った。

「私の可愛い沙霧。ずっとずっと大切にすると誓うよ」

その言葉に私の胸がポッと温かくなる。だが、すぐに私の胸元に顔を埋《うず》めた彼に乳房を柔々と揉みしだかれる。

「でも、やっぱり足りないからもう少し啼《な》かせるね？」

「え――っ!!　そ、あ、や……っ!!　あ……!!」

――この流れで……!?

しかし、火が点いた公章さんを止めることなど私にはできず。

結局この後、何度もしてしまい、私達が佐々木さんの作った夕食を食べることができたのは深夜になってからだった。

不安や心配が片付いたこともあり、私と公章さんの結婚が、現実のものとしてすぐそこまでやってきた。

というのも、朝起きたらダイニングテーブルに婚姻届が置いてあったからだ。

「……公章さん、これは……」

「見ての通り、婚姻届だよ？」

ケロッとした顔でのたまう公章さんを見て、私は呆気にとられる。

確かにプロポーズはされた。それに私も承諾したのは間違いない。だけど、こんなに早く入籍の流れになるなんて思ってもみなかった。

「母の件が落ち着いたの、昨日ですよ？　それなのに、今日……!?」

というか、いつの間に婚姻届を用意していたのだろう。公章さんの欄はすでに記入されていて、しかも保証人の欄には公章さんのお父様と、まさかの私の母の署名があった。

「昨日、確か同じタイミングで寝ましたよね？　いつ書いたんですかこれ。それにあの騒ぎの中、いつ母に署名を……!?」

「沙霧がお風呂に入っている時にささっとね。お母さんには、先日用紙を渡しておいたんだ。沙霧には内密にとお願いしていたので、昨日の帰り際にこっそり戻していただいた」

有能だろう？　と勝ち誇った様子の公章さんに、呆れを通り越し笑うしかない。

「母にこれを見せた時、何か言われませんでしたか？　その……うちの子でいいのか、とか……」

さすがにあの母でも、娘が結婚するとなれば何か一言くらいはあるのではないか……

そう考えた私だが、公章さんは爽《さわ》やかに「いいや？」と微笑んだ。

「そういったことは何も言われなかったよ？　むしろありがとうございます、と何度も頭を下げられたよ」

公章さんは、「ははは」と声を上げて笑う。それを見ていた私は大きなため息をついて視線を中庭に投げた。

――たぶん、公章さんを逃したら、今後、私に結婚のチャンスはないと思ったのだろうな……

覚悟を決めた私は、一度深呼吸をしてダイニングテーブルの椅子に腰を下ろす。そして目の前に広げられた婚姻届にさらさらと署名、捺印を済ませ公章さんに差し出した。

「はい。書きましたよ」

それを見て、公章さんは満面の笑みを浮かべる。

「ありがとう。じゃあ早速、出勤前に一緒に出しに行こうか」

「……はい。あ、でも、入籍する前に、公章さんのご両親に挨拶《あいさつ》をしないと……」

さすがに結婚の挨拶《あいさつ》もなく入籍したら、気分を害されるのではないか。そう思って申し出たのだが、それに関しても公章さんは爽《さわ》やかに否定した。

「今うちの両親は、仕事で海外なんだ。しばらく日本に帰って来る予定はないから、挨拶《あいさつ》はまた今度でいいよ」

「……へ？　でも、この婚姻届にお父様のサインがありましたけど、これはいつ書かれたものなんですか……？」

「ああ、これを書いてもらったのは沙霧に出会ってすぐの頃だったかな。その時には、すでに私の中で君と結婚したいという気持ちが固まっていたのでね。しばらく引き出しの奥で眠らせておいたんだけど、こうして日の目を見ることができてよかったよかった」

――……………それは……どういう……

返す言葉に詰まっていると、いつも以上に生き生きとした公章さんが、手帳を見ながらブツブツと何かの計画を立て始めている。

「今週末は君のアパートから荷物を全部ここへ運んで、解約の手続きだな。それが終わったら結婚式場の下見に行って……」

「……ちょっと……なんか勝手に段取り組んでません？」

呆れ気味に公章さんを見ていたら、私のスマホから着信音が鳴り響く。朝から誰だろう、と思って画面を見ると、電話をかけてきたのは母だった。

「どうしたんだろう、昨日の今日で……」

不思議に思いながら通話をタップすると、いつになく明るい母の声が聞こえてきた。

『沙霧〜〜!? おはよう!! ねえ、聞いて〜〜!!』

なんだなんだ、と若干警戒しつつ耳を傾ける。話の内容は例の元恋人の件で、どうやら母が渡したお金は、相手の奥さんが不審に思って手をつけずにいたことが判明したらしい。

渡したお金を全額返したうえで、二度と関わらないことを条件に、今回のことは不問にする。そう決着がついた、という報告だった。

「そう……よかった……」

これには心底ホッとした。

『だからね、沙霧は何も心配することなく幸せになるのよ? 本当に、いつも心配かけてばかりいる母でごめんね』

「お母さん……」

気持ちが緩んでいたせいもあるが、今日はやけに母の言葉が胸に沁《し》みる。しかしこの後、母から耳を疑うような言葉が出た。

『沙霧も結婚することだし、お母さんも六度目の正直で今度こそ生涯の伴侶を見つけようと思うの!!』

——え?

聞き間違いかな、と一旦電話を耳から離してみる。でも、間違いじゃなかった。

『だからねー、結婚相談所に登録してみることにしたの! そうすればきっと、今回みたいに騙《だま》されることもないと思うし……』

キャッキャッと浮かれた声が聞こえてくるスマホを徐々に耳から離し、通話を切った。

——だめだ……全然、懲《こ》りてない……

「沙霧？　お母さんなんだって？」

がっくりと項垂《うなだ》れている私に、公章さんが声をかけてきた。

「あ——……例の元恋人、全額お金返してくれるそうです。それで、今回の件は終了、ということで話がついたみたいです」

「そうか、それはよかった。入籍したら、またお母さんに挨拶《あいさつ》に行こうか」

「……はい……」

——それはいいけど……すっかり元通りになって六度目の結婚を目指す、なんて言ったら公章さんなんて言うかな……まあ、マズイと思ったら今度は早めに相談すればいいか……

モヤモヤとそんなことを考えながら、私は通勤で使用しているバッグを肩にかけた。

「沙霧、行こうか」

「はい」

ここへ来た時とは打って変わってポジティブになった私は、愛する人とぴったり寄り添いながら、幸せな気持ちで役所へ向かったのだった。

昼は工場勤務、夜は清掃バイトに勤しむ天涯孤独の沙彩《さあや》。ところが、突然工場が倒産し、さらに清掃先で高価な壷を割ってしまった!! 大ピンチ連続の彼女に、イケメン御曹司・神野《じんの》から「壷の代金は支払わなくていいから、俺の婚約者のフリをして欲しい」と驚きの提案が！ 思わず飛びついた沙彩だったけど…!?

B6判 定価：本体640円＋税 ISBN 978-4-434-25448-2

イベント企画会社で働く二十八歳の佐羽《さわ》。恋よりちょっぴり仕事を優先する生活を送っていたら──同棲中の彼氏が出て行ってしまった！ 突然の出来事に佐羽は落ち込み、仕事もうまくいかなくなってしまう。しかしある日、憧れの元上司である暮林優弥《くればやしゆうや》から飲みに誘われる。彼は、佐羽が彼氏にフラれたことを知ると、普段の無口な態度を一変させ肉食モード全開で溺愛宣言してきて──？

B6判　定価：本体640円+税　ISBN 978-4-434-26737-6

EB エタニティ文庫

エタニティ文庫・赤

誘惑トップ・シークレット　加地アヤメ

年齢＝彼氏ナシを更新中の地味ＯＬ・未散。ある日彼女は、社内一のモテ男子・笹森に、酔った勢いで男性経験のないことを暴露してしまう。すると彼は、自分で試せばいいと部屋に誘ってきて……⁉　恋愛初心者と極上男子とのキュートなシークレット・ラブ！

装丁イラスト／黒田うらら

エタニティ文庫・赤

好きだと言って、ご主人様　加地アヤメ

昼は工場勤務、夜は清掃バイトに勤しむ天涯孤独の沙彩。ところがある日、突然職を失い、借金まで背負ってしまう。そんな彼女に、大企業の御曹司が持ちかけてきた破格の条件の仕事——その内容は、なんと彼の婚約者を演じるというもので……⁉

装丁イラスト／駒城ミチヲ

※エタニティブックスは大人の女性のための恋愛小説レーベルです。ロゴマークの色で性描写の有無を判断することができます（赤・一定以上の性描写あり、ロゼ・性描写あり、白・性描写なし）。

詳しくは公式サイトにてご確認ください。
https://eternity.alphapolis.co.jp/

携帯サイトはこちらから！

エタニティ人気の12作品
アニメ好評配信中！
ALPHAPOLIS アルファポリス
Eternity
エタニティ
深夜の濡恋ちゃんねる
NUREKOI
Sweet Love Story
エタニティ公式サイトにて
通常版
デラックス♥版
配信中です！
アニメ公式サイト：https://eternity-nurechan.com/
アニメ公式ツイッター：@Eternity_Anime
2021年1月～
DVD & Blu-ray
順次発売予定
© エタニティブックス原作者・アルファポリス
エタニティ濡れちゃん♡製作委員会

この作品に対する皆様のご意見・ご感想をお待ちしております。

おハガキ・お手紙は以下の宛先にお送りください。

【宛先】

〒150-6008 東京都渋谷区恵比寿4-20-3 恵比寿ｶﾞｰﾃﾞﾝﾌﾟﾚｲｽﾀﾜｰ 8F
（株）アルファポリス　書籍感想係

メールフォームでのご意見・ご感想は右のＱＲコードから、
あるいは以下のワードで検索をかけてください。

アルファポリス　書籍の感想　検索

ご感想はこちらから

策士《さくし》な紳士《しんし》と極上《ごくじょう》お試《ため》し結婚《けっこん》

加地アヤメ（かじ あやめ）

2021年2月25日初版発行

編集－本山由美・宮田可南子
編集長－塙 綾子
発行者－梶本雄介
発行所－株式会社アルファポリス
〒150-6008 東京都渋谷区恵比寿4-20-3 恵比寿ｶﾞｰﾃﾞﾝﾌﾟﾚｲｽﾀﾜｰ8F
TEL 03-6277-1601（営業） 03-6277-1602（編集）
URL https://www.alphapolis.co.jp/
発売元－株式会社星雲社（共同出版社・流通責任出版社）
〒112-0005 東京都文京区水道1-3-30
TEL 03-3868-3275
装丁イラスト－浅島ヨシユキ
装丁デザイン－ansyyqdesign
印刷－図書印刷株式会社

価格はカバーに表示されてあります。

落丁乱丁の場合はアルファポリスまでご連絡ください。

送料は小社負担でお取り替えします。


ISBN978-4-434-28515-8 C0093